Edna O'Brien

Das Liebesobjekt

Erzählungen
Aus dem Englischen von
Elisabeth Schnack

Diogenes

Die Originalausgabe erschien
erstmals 1968 unter dem Titel ›The Love Object‹
bei Jonathan Cape Ltd., London

1.–10. Tausend

Alle deutschen Rechte vorbehalten
Copyright © 1972 by
Diogenes Verlag AG Zürich
ISBN 3 257 01499 6

Wie Materie nach Form verlangt,
verlangt die Frau den Mann.

Aristoteles

Inhalt

Das Liebesobjekt 9
The Love Object

Ein Ausflug 65
An Outing

Der Kaminvorleger 97
The Rug

Der Eingang zur Höhle 113
The Mouth of the Cave

Wie man eine Glyzinie zieht 121
How to Grow a Wisteria

Irische Lustbarkeit 133
Irish Revel

Bindungen 175
Cords

Ein Paradies 201
Paradise

Das Liebesobjekt

Er sagte nichts als meinen Namen. Er sagte: »Martha!«, und schon spürte ich wieder, wie es passierte. Meine Beine unter der großen weißen Tischdecke begannen zu zittern, und im Kopf wurde mir ganz wirr, obwohl ich nicht beschwipst war. So ergeht's mir immer, wenn ich mich verliebe. Er saß mir gegenüber. Er, das Liebesobjekt. Ein ältlicher Mann. Blaue Augen. Khakifarbenes Haar. An den Außenrändern wurde es grau, und er hatte sich die äußeren grauen Strähnen quer über den ganzen Kopf gelegt, als wollte er die Khakifarbe verstecken – genauso, wie andre Männer die kahlen Stellen verstecken. Er hatte ein (wie ich es bezeichne) frommes Lächeln an sich. Ein verinnerlichtes Lächeln, das kam und ging, sozusagen gesteuert von seiner stillen Freude über das, was er hörte oder sah: über eine Bemerkung, die ich gemacht hatte, oder über den Kellner, der die kalten Platzteller wegnahm, die nur Zierde waren, und neue warme mit einem andern Muster brachte, oder über die Nylonvorhänge, die hereinwehten und meinen nackten sommerbraunen Arm streiften. Es war gegen Ende eines warmen Londoner Sommers.

»Ich bin auch nicht böse über sie«, antwortete er. Wir waren in eine kleine Verleumdung vertieft. Hatten von einem berühmten Ehepaar gesprochen, das wir beide kannten. Die ganze Zeit über hatte er seine Hände verschränkt, als wären sie zum Gebet gefaltet. Wir waren rückhaltlos offen zueinander. Wir kannten uns nicht. Ich bin Ansagerin beim Fernsehen; wir hatten uns bei einer gemeinsamen Arbeit kennengelernt, und aus Höflichkeit hatte er mich zum Essen eingeladen. Er erzählte mir von seiner Frau – die auch dreißig war wie ich –, und daß er schon im ersten Moment, als er sie sah, sofort wußte, er würde sie heiraten. (Sie war seine dritte Frau.) Ich erkundigte mich nicht näher, wie sie aussähe. Ich weiß es immer noch nicht. Die einzige Erinnerung, die ich an sie habe, sind ihre Arme, die von weiten, lila gehäkelten Ärmeln umhüllt waren, und dann macht sich das Bild plötzlich selbständig, und ich sehe seine rötlichen Beterhände, die in den Ärmeln verschwinden, und dann die beiden, wie sie durch einen großen, düsteren Raum tanzen und verzückt über das Glück lächeln, zusammenzusein. Aber das geschah viel später.

Wir hatten ein nettes Abendessen und hinterher Feigen. Die ersten Feigen, die ich gegessen habe. Er prüfte sie behutsam mit den Fingern und legte dann drei auf meinen kleinen Teller. Ich starrte unentwegt auf ihre schwarzviolette Haut, denn weil ich so zitterte, traute ich mich nicht, sie zu schälen. Er lenkte meine Gedanken etwas von meiner Nervosität ab, indem er mir eine kleine Geschichte von einem Mädchen erzählte, das fürs Radio interviewt wurde und dabei gestand, sie besitze siebenunddreißig Paar Schuhe und kaufe sich jeden Samstag ein neues Kleid, und später versuche sie es an ihre Freundinnen oder ihre Verwandten zu verkaufen. Ich hatte das Gefühl, als wäre es eine Geschichte, die er extra für mich ausgewählt hatte, und obendrein, daß er's nicht riskieren würde, sie vielen Leuten zu erzählen. Er war auf seine Art ein ernster Mann und berühmt, obwohl das kaum von Interesse ist, wenn man über ein Liebesverhältnis erzählen will. Oder doch? Jedenfalls biß ich in eine Feige, ohne sie geschält zu haben.

Wie beschreibt man einen Geschmack? Es war eine fremde Frucht, und er war ein fremder Mann, und in der Nacht, in meinem Bett, war er beides, ein Fremder und ein Liebhaber, und so was hielt ich bisher für den idealen Bettpartner.

Am nächsten Morgen war er ziemlich formell, dabei aber zwanglos; er bat sogar um eine Kleiderbürste, weil ein Puderfleck auf seiner Jacke war, denn beim Nachhausefahren im Taxi hatten wir uns umarmt. Da hatte ich noch keine Ahnung gehabt, ob wir zusammen schlafen würden, und im Grunde glaubte ich eher, es würde nicht dazu kommen. Ich besitze Bücher und Platten und verschiedene Flaschen Parfum und herrliche Kleider, aber niemals kaufe ich mir Putzmittel oder irgendwelches Zeugs, womit man das Leben seiner Sachen verlängern kann. Vermutlich ist es leichtsinnig, aber ich werfe die Sachen eben einfach weg. Jedenfalls betupfte er den Puderfleck mit seinem Taschentuch, und er ging sehr leicht ab. Was er außerdem brauchte, war ein Stück Heftpflaster, weil seine neuen Schuhe ihm die Hacken aufgescheuert hatten. Ich schaute in der Dose nach, aber es war keins mehr da. Meine Kinder hatten es während der langen Sommerferien ganz verbraucht. Ich sah sogar einen Augenblick meine beiden Söhne vor mir, wie sie sich während all der Sommertage auf den Sesseln herumräkelten, Witzblätter lasen, Fahrrad fuhren, rauften und sich dabei Schrammen zuzogen, die sie umgehend mit Elastoplast beklebten, und hinterher, wenn das Pflaster abging, prahlten sie – zum Beweis ihrer Tapferkeit – mit den braungeränderten Stellen. Sie fehlten mir sehr, und ich sehnte mich so danach, sie an mich zu drücken – ein Grund mehr, weshalb ich mich über seine Gesellschaft freute. »Es ist kein Pflaster mehr da«, sagte ich und war etwas beschämt. Ich dachte, daß er mich sicher für liederlich halten würde. Ich überlegte, ob ich ihm erklären sollte, warum meine Söhne in Internaten lebten, wo sie doch noch so jung waren. Acht und zehn. Aber ich tat's dann nicht. Ich hatte keine Lust mehr, den Leuten zu erzählen, wie meine Ehe endete und wie mein Mann, weil er nicht für zwei so kleine Jungen sorgen konnte, auf einem Internat bestanden hatte, um ihnen, wie er es ausdrückte, einen gleichmäßigen Einfluß zu bieten. Ich glaube, es geschah nur, um mir die Freude am Zusammenleben mit ihnen zu nehmen. Nein, ich konnte es nicht.

Wir frühstückten im Freien. Ein neuer heißer Tag begann. Vom Himmel hing der diesige Dunstschleier, der stets große Hitze ankündigt, und im Garten nebenan liefen schon die Rasensprenger. Meine Nachbarn waren fanatische Gärtner. Er aß drei Scheiben Toast und etwas Speck. Ich aß auch, aber nur, damit er sich wohl fühlte, denn im allgemeinen lasse ich das Frühstück ausfallen. »Ich werde mir Heftpflaster, eine Kleiderbürste und ein Putzmittel anschaffen«, sagte ich. Das war so meine Art, ihn zu fragen: »Du kommst doch wieder?« Er durchschaute es sofort. Er schluckte hastig einen Mundvoll Toast hinunter, legte seine große Beterhand über meine und erklärte mir feierlich und nett, er wolle keine gewöhnliche und unsaubere Liebesaffäre mit mir haben, doch wir könnten uns in etwa einem Monat wiedersehen, und er hoffte, wir würden Freunde. Als Freunde hatte ich uns nicht empfunden, aber es war eine interessante Möglichkeit. Mir fiel unser Gespräch vom Abend vorher ein, und wie er von seinen beiden ersten Ehen und von seinen erwachsenen Kindern erzählt hatte, und ich dachte, wie aufrichtig und unsentimental er ist. Ich hatte allen Kummer so satt, und ebenfalls die Leute, die ihn sogar vor sich selber vergrößerten. Und dann tat er noch etwas anderes, was ich auch so reizend fand: er faltete die grünseidene Bettdecke zusammen, und so etwas tue ich nie.

Als er ging, war mir ganz beschwingt zumute und irgendwie entspannt. Es war nett gewesen und ohne eklige Nachwirkungen. Mein Gesicht war vom Küssen sehr rot, und das Haar war mir bei unsern Bemühungen durcheinandergeraten. Ich sah ein bißchen wild aus. Weil ich nach dem unterbrochenen Schlaf müde war, zog ich die Vorhänge zu und legte mich wieder ins Bett. Ich hatte einen schlechten Traum. Den üblichen, wo mich ein Mann umbringt. Die Leute behaupten immer, schlechte

Träume seien gesund, und nach meiner letzten Erfahrung glaube ich es selbst. Ich erwachte ruhiger, als ich es seit Monaten gewesen war, und verbrachte den Rest des Tages in glücklicher Stimmung.

Zwei Vormittage darauf läutete er an und fragte, ob es möglich sei, daß wir uns am Abend wiedersähen. Ich sagte ja, weil ich überhaupt nichts vorhatte, und es schien mir richtig, Abendbrot zu essen und unser Geheimnis manierlich zu besiegeln. Doch wir fingen wieder von vorne an.

»Es war so sehr schön«, sagte er. Ich spürte, wie ich kleine einstudierte Gesten machte, um Liebe oder Scheu auszudrücken, und wie ich ihn ansah und meine Augen weit aufriß, um Vertrauen auszustrahlen. Wir stellten unsere Füße so hin, daß unsere Beine sich berührten, und zogen sie kurz danach wieder weg, überzeugt, daß wir beide das gleiche begehrten. Er brachte mich nach Hause. Als wir im Bett lagen, fiel es mir auf, daß er sich Eau de Cologne auf die Schulter getupft hatte, daß er also in der Erwartung, wenn nicht gar mit der Absicht zum Essen aufgebrochen sein mußte, hinterher mit mir zu schlafen. Mir gefiel der Geruch seiner Haut besser als das widerliche Chemieprodukt, und ich mußte es ihm sagen. Er lachte nur. Niemals habe ich mich bei einem Mann so wohl gefühlt. Ich hatte erwiesenermaßen mit noch vier andern Männern geschlafen, aber immer schien ein Abstand zwischen uns zu sein, was die Unterhaltung betraf. Ich sann einen Augenblick über ihre verschiedenen Gerüche nach, während ich den seinen einatmete, der mich an ein bestimmtes Kraut erinnerte. Es war weder Petersilie noch Thymian noch Minze, sondern ein nicht existierendes Kräutchen, das aus diesen drei Gerüchen zusammengesetzt war. Bei dieser zweiten Gelegenheit war unser Liebesspiel viel entspannter.

»Was wirst du tun, wenn du eine nimmersatte Frau aus mir machst?« fragte ich ihn.

»Ich gebe dich an jemand weiter, der sehr lieb und sehr geeignet ist«, erwiderte er. Wir kuschelten uns aneinander, und mit meinem Kopf auf seiner Schulter dachte ich an die Tauben unter der nahen Bahnbrücke, die ihre Nächte eng aneinandergeschmiegt zubringen und den Kopf ins rauchblaue Brustgefieder stecken. Obwohl er schlief, küßten und flüsterten wir. Ich schlief nicht. Ich tue es nie, wenn ich überglücklich oder furchtbar unglücklich bin oder mit einem fremden Mann im Bett liege.

Keiner von uns sagte: »Jetzt ist es also soweit, jetzt haben wir eine gewöhnliche und unsaubere kleine Liebesaffäre.« Wir fingen einfach an, uns zu treffen. Regelmäßig. Wir gingen nicht mehr in die Restaurants, weil er berühmt ist. Er pflegte zum Essen zu mir zu kommen. Nie werde ich vergessen, wie aufgeregt ich bei den Vorbereitungen war: in die Vasen stellte ich Blumen ein, ich wechselte die Bettwäsche, knuffte die Sofakissen zurecht, versuchte zu kochen, legte Make-up auf und hielt eine Haarbürste griffbereit, falls er früher käme. Was für ein Krampf! Wenn es endlich klingelte, konnte ich kaum die Haustür öffnen.

»Du weißt nicht, was für eine Oase das hier ist«, rief er. Und im Flur legte er mir dann die Hände auf die Schultern und drückte sie durch das dünne Kleid hindurch und sagte: »Laß dich anschauen!«, und dann ließ ich den Kopf hängen, weil ich überwältigt war und es auch sein wollte. Wir küßten uns, manchmal volle fünf Minuten. Er küßte die Innenseite von meinen Naslöchern. Dann gingen wir ins Wohnzimmer und setzten uns, immer noch stumm, auf die Couch. Er berührte meine Kniescheibe und sagte, was für schöne Knie ich habe. Er sah und bewunderte Dinge an mir, um die sich andere Männer nie gekümmert hatten. Bald nach dem Abendbrot gingen wir zu Bett.

Einmal kam er überraschend am späten Nachmittag, als ich mich zum Ausgehen fertig angezogen hatte. Ich wollte mit einem andern Mann ins Theater.

»Wie gern ich dich ausführen würde«, sagte er.

»Gehen wir auch mal eines Abends ins Theater?« Er nickte. Es war das erstemal, daß seine Augen traurig aussahen. Wir liebten uns nicht, weil ich schon mein Make-up und meine falschen Augenwimpern trug und es daher unpraktisch schien. Er fragte mich: »Hat dir schon mal ein Mann gesagt, daß etwas wie ein Schmerz zurückbleibt, wenn man eine Frau sieht und begehrt und doch nichts unternehmen kann?«

Der Schmerz übertrug sich auf mich und hielt während der ganzen Vorstellung an. Es ärgerte mich, daß ich nicht mit ihm zu Bett gegangen war, denn von jenem Abend an sahen wir uns seltener. Seine Frau, die sich mit ihren Kindern in Frankreich aufgehalten hatte, war zurückgekehrt. Ich wußte es, denn eines Morgens kam er im Wagen an und erwähnte im Laufe der Unterhaltung, daß seine kleine Tochter auf ein wichtiges Dokument Pipi gemacht habe. Ich darf jetzt verraten, daß er ein Rechtsanwalt war.

Von da an war es nur noch selten möglich, nachts zusammenzusein. Wenn er aber einmal über Nacht blieb, kam er stets mit einer Reisetasche, die eine Zahnbürste, eine Kleiderbürste und ein paar Kleinigkeiten enthielt, wie sie ein Mann für eine Übernachtung brauchen mag, für einen liebeleeren Aufenthalt in einem Provinzhotel. Wahrscheinlich hatte sie sie gepackt. Ich dachte, wie lächerlich. Ich empfand kein Mitleid mit ihr. Im Gegenteil, es machte mich böse, als ihr Name – Helen – erwähnt wurde. Es klang ganz harmlos, als er ihn nannte. Er sagte, sie hätten mitten in der Nacht Einbrecher gehabt, und er sei im Schlafanzug nach unten gegangen, während seine Frau oben über den Nebenanschluß die Polizei anrief.

»Nur bei den Reichen wird eingebrochen«, sagte ich hastig, um das Thema zu wechseln. Es beruhigte mich zu hören, daß er einen Schlafanzug trug, wenn er bei ihr war – bei mir aber nicht. Ich war rasend eifersüchtig auf sie und natürlich furchtbar unfair. Doch ich würde einen falschen Eindruck erwecken, wenn ich behauptete, daß ihre Existenz zu jenem Zeitpunkt unsre Beziehung trübte. So war es nämlich nicht. Er gab sich große Mühe, wie ein unverheirateter Mann zu sprechen, und nachdem wir im Bett gewesen waren, ließ er sich stets Zeit, blieb noch etwa eine Stunde und ging in aller Ruhe weg. Ja, gerade eine von diesen ›Hinterher-Sitzungen‹ halte ich für den Glanzpunkt unsres Verhältnisses. Wir saßen auf dem Bettrand, nackt, und aßen Sandwich mit Rauchlachs. Ich hatte das Gasöfchen angezündet, weil es schon auf den Herbst zuging und die Nachmittage kühl wurden. Das Öfchen summte gleichmäßig vor sich hin. Von ihm strahlte das einzige Licht im Zimmer aus. Dabei fiel ihm zum erstenmal meine Gesichtsform auf, denn er sagte, daß bis dahin einzig meine Farbe all seine Bewunderung erregt habe. Sein Gesicht und die Mahagoni-Kommode und die Bilder wirkten in der Beleuchtung auch besser. Nicht rosig, weil die Gasflamme nicht so glüht, sondern in einem weißlichen Licht erstrahlt. Das Ziegenfell vor dem Fenster sah besonders weich und üppig aus. Ich sagte es. Er sprach davon, daß er ein wenig zum Masochismus neige, und daß er oft, wenn er nachts nicht in einem Bett schlafen könne, in ein anderes Zimmer ginge und sich dort auf den Fußboden lege, nur mit einer Jacke zugedeckt, und fest einschlafe. Als kleiner Junge habe er es auch getan. Die Vorstellung von dem kleinen Jungen, der auf dem Fußboden schlief, erfüllte mich mit dem tiefsten Mitleid, und ohne ein Wort seinerseits führte ich ihn zum Ziegenfell hinüber und hieß ihn sich hinlegen. Es war das einzige Mal, daß wir unsre Rollen vertauschten. Er war nicht mein Vater. Ich wurde seine Mutter. Sanft und völlig furchtlos. Sogar meine Brustwarzen, mit denen ich sonst heikel bin, zuckten vor seinem wilden Verlangen nicht zurück. Ich wollte alles nur Erdenkliche für ihn tun. Wie es manchmal bei Liebenden geschieht, feuerte meine Leidenschaft und Erfindungsgabe die seine noch an. Wir scheuten vor nichts zurück. Hinterher, als er über unsre Leistungen sprach – etwas, das er nie unterließ –, hielt er sie für das intimste all unsrer intimen Erlebnisse. Ich konnte ihm nur recht geben. Als wir aufstanden, um uns anzuziehen, wischte er sich mit der weißen Bluse, die ich getragen hatte, die Achselhöhlen trocken und fragte mich, welches meiner schönen Kleider ich am Abend zum Essen anziehen wolle. Er suchte das Schwarze für mich aus. Er sagte, obschon ich mit andern Leuten essen würde, freue er sich doch sehr im Bewußtsein, daß meine Gedanken um das kreisen würden, was er und ich getan hatten. Eine Ehefrau, die Arbeit und die Leute mochten uns voneinander fernhalten, aber in unsern Gedanken wären wir eins.

»Ich denke an dich«, sagte ich.

»Und ich an dich!«

Wir waren nicht einmal traurig, als wir uns trennten.

Danach hatte ich dann einen Traum innerhalb eines Traums – anders kann ich's nicht bezeichnen. Ich tauchte aus dem Schlaf auf, zwang mich, wach zu bleiben, und wischte meinen Speichel am Kissenbezug ab, als mich etwas herunterzog: ein ungeheures Gewicht drückte mich ins Bett, und ich dachte, jetzt bin ich ein Krüppel. Ich habe den Gebrauch meiner Glieder verloren, und das erklärt auch meine Abgestumpftheit der letzten Monate, wenn ich nichts weiter tun mochte als Tee trinken und aus dem Fenster starren. Ich bin verkrüppelt. Restlos. Sogar den Mund kann ich nicht bewegen. Nur mein Gehirn tickt weiter. Mein Gehirn sagt mir, daß eine Frau, die im Erdgeschoß bügelt, die einzige ist, die mich auffinden kann, aber sie käme vielleicht tagelang nicht zu mir herauf, sie dächte vielleicht, ich sei im Bett, mit einem Mann, und sündige. Von Zeit zu Zeit schlafe ich mit einem Mann, aber meistens schlafe ich allein. Sie wird die gebügelte Wäsche auf dem Küchentisch liegenlassen und das Bügeleisen hochkant auf den Fußboden stellen, damit es nichts ansengt. Die Blusen hängen auf Kleiderbügeln, die gekräuselten Kragen sind weiß und duftig wie Schaum. Sie ist so eine Frau, die sogar die Zehen und die Fersen von Nylonstrümpfen ausbügelt. Sie wird aus dem Haus schlüpfen, bis zum Donnerstag, ihrem nächsten Arbeitstag. Ich spüre etwas in meinem Rücken oder, genauer ausgedrückt, ein Zerren an meinen Bettdecken, die ich längs meines Rückens aufgebaut habe, um meinen Kopf zuzudecken. Zum Schutz. Und jetzt weiß ich, daß es nicht Gebrechlichkeit ist, die mich herunterzieht, sondern ein Mann. Wie ist er hier hereingekommen? Er liegt auf der Innenseite, an der Wand. Ich weiß, was er mir antun wird, und die Frau unten kommt und kommt nicht, mich zu retten, sie schämt sich vielleicht, oder sie denkt nicht, daß ich gerettet werden will. Ich weiß nicht, welcher von den Männern es ist, ob es der große dicke Raufbold ist, der jedesmal an der Tür steht, wenn ich ahnungslos aufmache, weil ich den Wäscherjungen erwarte, und sehe, daß ER es ist, ER mit einem alten schwarzen Tranchiermesser, dessen Schneide glitzert, weil er sie gerade auf einer Treppenstufe gewetzt hat. Ehe ich aufschreien kann, gehört mir auch meine Zunge nicht mehr. Oder es könnte der ANDERE sein. Der ist auch groß, er erwischt mich am Armband, als ich mich durchs Treppengeländer zwänge. Ich habe vergessen, daß ich nicht mehr das kleine Mädchen von früher bin und daß ich nicht so leicht durchs Treppengeländer schlüpfen kann. Wenn das Armband in zwei Stücke zerrissen wäre, hätte ich fliehen und ihn mit einem halben goldenen Armband in der Hand stehenlassen können, aber meine so verdammt vorsorgliche Mutter ließ ein Sicherheitskettchen anbringen, weil es neun Karat war. Jedenfalls ist er im Bett. Es wird ewig weitergehen, was er von mir verlangt. Ich wage es nicht, mich umzudrehen und ihn anzusehen. Dann verrät mir etwas an der sanften Art, wie das Leintuch weggezogen wird, daß es vielleicht der NEUE ist, der Mann, den ich vor ein paar Wochen kennengelernt habe. Gar nicht mein Typ: winzige geplatzte Äderchen auf den Wangen und rotes, tatsächlich rotes Haar. Wir lagen auf einem Ziegenfell. Doch es wurde vom Boden gehoben, hoch, bis auf Betthöhe. Ich hatte beim Liebesakt das meiste getan: meine Brüste, die Hände, der Mund, alles sehnte sich danach, ihm zu Gefallen zu sein. Ich war so sicher, nie habe ich mich so sicher gefühlt, daß es recht war, was ich tat. Dann fing er an, mich unten zu küssen, und seine leckende Zunge zwang mich zum Kommen, und sein Kopf war unter meinen Hinterbacken, und es war, wie wenn ich ihn gebäre, nur war es Lust statt Schmerz. Er traute mir. Wir waren zwei Menschen, ich meine, er war nicht jemand, der auf mir lag und mich erdrückte und etwas tat, das ich nicht sehen konnte. Ich konnte sehen. Ich hätte auf sein rotes Haar scheißen können, wenn ich gewollt hätte. Er traute mir. Er zögerte sein Kommen bis ganz zuletzt hin. Und all die Dinge, die ich bisher geliebt hatte, wie Glas oder Lügen, Spiegel und Federn und Perlknöpfe und Seide und Weidenbäume, wurden nebensächlich im Vergleich zu dem, was er getan hatte. Er lag so, daß ich es sehen konnte: so zart, so schmächtig, mit einem Bündel wirrer blauer Adern längs der Seiten. Sprach man es an, dann war's, als spräche man zu einem kleinen Kind. Das Licht im Zimmer war ein weißer Glanz. Er hatte mich sehr weich und feucht gemacht, deshalb steckte ich es hinein. Es war flink und hart und voller Kraft, und er sagte: »Ich nehme jetzt keine Rücksicht mehr auf dich, ich glaube, das haben wir hinter uns«, und ich sagte, er hätte vollkommen recht, und ich hätte es gern, wenn er mich derb anpackte. Ich sagte es. Ich war nicht mehr die Heuchlerin, nicht mehr die Lügnerin. Früher hatte er sich öfters beschwert bei mir, er hatte gesagt: »Es gibt Ausdrücke, die wir nicht einer zum andern gebrauchen wollen, Ausdrücke wie ›Tut mir leid‹ oder ›Bist du mir böse‹.« Ich hatte diese Ausdrücke sehr häufig gebraucht. Aus dem sanften Verschieben der Bettdecken – eigentlich war es eine Bitte – hatte ich also geschlossen, daß er es sein könnte, und wenn das stimmt, möchte ich hineinsinken, tiefer und tiefer in die warme, dunkle, schläfrige Bettkuhle hinein und ewig drinbleiben und mit ihm kommen. Aber ich fürchte mich nachzuschauen, falls nicht ER es ist, sondern einer von den andern.

Als ich endlich erwachte, war ich in einer Panik und war wie besessen, ihn anzurufen, aber obwohl er es mir nie geradezu verboten hat, wußte ich doch, daß es ihm sehr mißfallen hätte.

Wenn etwas so vollendet schön war wie unser letztes Zusammensein im Lichte des Gasöfchens, dann ist man leicht geneigt, alles zu versuchen, um eine Wiederholung herbeizuführen. Leider war die nächste Begegnung getrübt. Er kam am Nachmittag und brachte einen Koffer mit, der all das Zubehör für ein Gala-Dinner enthielt, zu dem er am Abend eingeladen war. Als er kam, fragte er, ob er seinen Frack aufhängen dürfe, weil er sonst zerdrückt würde. Er hängte den Kleiderbügel an die Außenkante vom Schrank, und ich weiß noch, welchen Eindruck die Reihe von Kriegsauszeichnungen längs der Brusttasche auf mich machte. Im Bett verlief es angenehm, aber zu hastig. Er machte sich Sorgen wegen des Umkleidens. Ich saß einfach da und schaute ihm zu. Ich wollte ihn nach seinen Orden fragen und wie er sie sich verdient hätte und ob er noch an den Krieg dächte und ob ihm seine damalige Frau sehr gefehlt hätte und ob er Menschen getötet hätte und ob er noch davon träume. Aber ich fragte nichts. Ich saß da, als wäre ich gelähmt.

»Keine Hosenträger!« rief er, als er sich die weite schwarze Hose um die Mitte hielt. Für seine andere Hose hatte er wohl einen Gürtel gehabt.

»Ich gehe zu Woolworth und hole einen«, sagte ich. Doch das war nicht praktisch, weil schon Gefahr bestand, er könne zu spät kommen. Ich nahm eine Sicherheitsnadel und steckte damit die Hose auf dem Rücken fest. Es war eine schwierige Operation, weil die Nadel eigentlich nicht stark genug war.

»Du bringst sie mir doch zurück?« sagte ich. Ich bin abergläubisch, was das Verschenken von Nadeln an andre Leute betrifft. Es dauerte ein Weilchen, bis er antwortete, weil er leise »Verdammt!« brummte. Nicht zu mir. Sondern zu dem steifen, unmenschlichen, gestärkten Kragen, der sich störrisch widersetzte, als die kleinen goldenen Knöpfe hineingesteckt werden sollten. Ich versuchte es. Er versuchte es. Jedesmal, wenn es einem von uns beiden mißlang, wurde der andre ungeduldig. Er sagte, wenn wir so weitermachten, würde der Kragen von unsern Händen schmuddelig werden. Und das war eine schlimmere Alternative. Ich dachte bei mir, er müsse mit sehr kritischen Leuten speisen, aber natürlich äußerte ich meine Gedanken nicht. Zu guter Letzt brachte jeder von uns es fertig, je einen Knopf hindurchzuzwängen, und zur Belohnung bekam er einen kleinen Schluck Whisky. Der Querbinder war der nächste Prüfstein. Er konnte es nicht. Ich wagte es nicht.

»Hast du es noch nie gemacht?« fragte ich.

Vermutlich haben es seine Frauen – die jeweilige, meine ich – für ihn getan. Ich kam mir so dumm vor. Dann würgte mich der Haß. Ich dachte, wie häßlich und rot seine Beine waren, wie abstoßend die Umrisse seines Körpers, der nichts von einem Tailleneinschnitt aufzuweisen hatte, und wie falsch die Augen, die ihm im Spiegel gratulierten, als es ihm gelang, eine klobige Schleife zu binden. Als er den Frack anzog, war ich dank der klimpernden Orden fähig, eine Bemerkung über das Getön zu machen. Ich wußte ja nicht, worüber ich sonst sprechen sollte. Zuletzt legte er sich einen weißen Seidenschal um, der ihm bis unter die Taille reichte. Er sah wie jemand aus, den ich nicht kannte. Er brach hastig auf. Ich lief mit ihm die Straße entlang, um ihm zu helfen, ein Taxi zu finden, und es war nicht leicht, mit ihm Schritt zu halten und zu schwatzen. Ich kann mich nur noch an den geisterhaften Anblick des grellweißen Schals erinnern, der hin und her baumelte, während wir liefen. Seine Schuhe, die aus Lackleder waren, quietschten unangenehm.

»Ist es eine Herrengesellschaft?« fragte ich.
»Nein. Gemischt«, erwiderte er.

Deshalb also beeilten wir uns. Um seine Frau an einer verabredeten Stelle zu treffen. Der Haß nahm zu.

Er brachte mir die Sicherheitsnadel zurück, doch mein Aberglauben wich deshalb noch nicht, denn vier Stecknadeln mit runden schwarzen Köpfen, die in seinem neuen Hemd gesteckt hatten, waren auf meinem Fensterbrett liegengeblieben. Er weigerte sich, sie mitzunehmen. Er sei *nicht* abergläubisch.

Häßliche Erlebnisse pflegen sich, genau wie die guten, in Gruppen einzufinden, und wenn ich an die Umkleiderei denke, fällt mir ein anderer Anlaß ein, bei dem wir auch nicht sehr übereinstimmten. Es war in einer Straße; wir suchten ein Restaurant. In meinem Haus konnten wir nicht bleiben, weil eine Freundin als Hausbesuch da war, und wir hätten ihre Anwesenheit in Kauf nehmen müssen. Während wir die Straße entlanggingen – es war im Oktober und sehr windig –, spürte ich, daß er böse auf mich war, weil ich uns der Kälte ausgesetzt hatte und wir nicht ins Bett gehen konnten. Meine Absätze waren sehr hoch, und ich schämte mich, daß sie so hohl einherklapperten. Mir schien, daß wir irgendwie Feinde waren. Er spähte durch die Fenster von Restaurants, um nachzuschauen, ob auch keine Freunde von ihm dort wären. Er hatte sich schon gegen zwei Restaurants entschieden – aus Gründen, die ihm allein bekannt waren. Das eine sah sehr verlockend aus. In die Wände waren kleine rötlichgelbe Glühbirnen eingelassen, und das Licht fiel durch kleine schmiedeeiserne Vierecke. Wir überquerten die Straße, um die Restaurants auf der andern Straßenseite anzuschauen. Ich sah eine Gruppe junger Lümmel auf uns zukommen, und um etwas zu sagen – denn wegen meiner aufdringlichen Absätze und des Windes, wegen des vorbeiflutenden Verkehrs und der häßlichen, unromantischen Straße waren uns freundlichere Gesprächsstoffe ausgegangen –, fragte ich ihn, ob er sich fürchte, spätabends so lärmenden Genossen zu begegnen. Er erwiderte, daß er tatsächlich vor ein paar Tagen, als er nachts sehr spät nach Hause ging und so eine Bande auf sich zukommen sah, zu seiner eigenen Verwunderung entdeckte, daß er, noch ehe er sich seiner Furcht bewußt war, das Schlüsselbund auseinandergefächert hatte und drauf und dran war, seine mit den scharfen Enden der Schlüssel bewaffnete Hand aus der Tasche zu ziehen, falls sie ihn angerempelt hätten. Ich vermute, daß er es wieder so machte, während wir weitergingen. Merkwürdigerweise empfand ich ihn nicht als meinen Beschützer. Ich spürte nur, daß er und ich zweierlei Menschen waren und daß es in der Welt Unruhen und Gewalt, Krankheit und Katastrophen gab, denen er sich auf seine Art stellte und ich auf die meine, oder – um korrekt zu sein – vor denen ich zurückschreckte. Immer würden wir außerhalb des andern bleiben. Während ich zu dieser melancholischen Erkenntnis kam, ging die Bande an uns vorbei, und meine Befürchtungen wegen irgendwelcher Gewalttätigkeit waren umsonst gewesen. Wir fanden ein gutes Restaurant und tranken sehr viel Wein.

Später – im Bett – klappte es, wie immer. Er blieb die ganze Nacht. Ich empfand die Nächte, in denen er blieb, stets als ein besonderes Privileg, und nur eine Kleinigkeit trübte meine Freude: es waren kurze Angstmomente, daß seine Frau – falls er ihr erzählt hatte, er sei in einem bestimmten Hotel – ihn dort anriefe und nicht erreichte. Mehr als einmal durchlebte ich eine ganze, von mir erdachte Geschichte, in der sie tatsächlich kam und uns entdeckte und ich mich stumm und damenhaft verhielt und er ihr sehr entschieden sagte, sie solle draußen warten, bis er fertig sei. Ich hatte kein Mitleid mit ihr. Manchmal fragte ich mich, ob wir uns wohl jemals begegnen würden oder ob wir uns vielleicht schon irgendwo auf einer Rolltreppe begegnet wären. Allerdings war das unwahrscheinlich, denn wir wohnten an entgegengesetzten Enden von London.

Dann bot sich zu meiner großen Überraschung doch eine Gelegenheit. Ich war von einer amerikanischen Zeitung zu einer Thanksgiving Party eingeladen worden. Er sah die Karte auf meinem Kaminsims stehen und fragte: »Gehst du da auch hin?«, und ich lächelte und sagte, vielleicht. Ob er ginge. Ja, sagte er. Er wollte mich dazu bringen, daß ich auf der Stelle einen Entschluß faßte, aber ich war zu gewitzt. Natürlich würde ich gehen. Ich war gespannt, seine Frau zu sehen. Und ihm in aller Öffentlichkeit zu begegnen. Jetzt empörte mich der Gedanke, daß wir uns nie in Gegenwart von Dritten gesehen hatten. Es war wie ein Ausgeschlossensein ... ein kleines eingesperrtes Tier. Ich sah ganz deutlich ein Frettchen vor mir, das ein Förster damals, als ich ein Kind war, in einer Holzkiste mit Schiebedeckel aufbewahrte, und einmal steckte er ein zweites Frettchen dazu, damit sie sich paarten. Bei dem Gedanken schauderte es mich. Ich meine, ich brachte es durcheinander: im gleichen Atemzug, als ich an die weißen Frettchen mit ihren kleinen rosa Nüstern dachte, dachte ich auch an ihn, wie er eine Tür aufschob und von Zeit zu Zeit in mein Kistchen schlüpfte. Seine Haut war auch sehr rosa.

»Ich habe mich noch nicht entschlossen«, sagte ich, doch als der Tag kam, ging ich hin. Ich hatte sehr viel Sorgfalt auf mein Äußeres verwandt, hatte mich frisieren lassen und ein mädchenhaftes Kleid angezogen. Schwarz und weiß. Die Party fand in einem großen Raum mit braun getäfelten Wänden statt. An dem einen Ende war die Bar – unter einer Empore. So ergab sich ein Eindruck von zwergenhaften weißen Barmännern unter der klippenartig überhängenden Empore, die auf sie herunterzustürzen drohte. Nie habe ich einen Raum gesehen, der für ein Fest weniger geeignet war. Frauen mit Tabletts gingen herum, doch ich mußte an die Bar gehen, weil auf den Tabletts Champagner war, und ich habe eine Vorliebe für Whisky. Ein Mann, den ich kannte, führte mich hin, und unterwegs drückte mir ein anderer Mann einen Kuß auf den Nacken. Ich hoffte, daß er es mit angesehen hatte, doch es war ein großer Saal mit Hunderten von Menschen, so daß ich nicht wußte, wo er war. Mir fiel ein Kleid auf, das ich ziemlich bewunderte, ein lila Kleid mit sehr weiten, gehäkelten Ärmeln. Als mein Blick am Ärmel hinaufwanderte, sah ich, daß die Besitzerin des Kleides ihre Augen auf mich geheftet hatte. Vielleicht bewunderte sie meine Aufmachung. Bei Leuten mit dem gleichen Geschmack kommt das häufig vor. Ich hatte keine Ahnung, wie ihr Gesicht aussah, doch als ich später eine Freundin fragte, welche seine Frau sei, zeigte sie auf die Frau mit den gehäkelten Ärmeln. Das nächstemal sah ich sie im Profil. Ich weiß noch immer nicht, wie sie aussah, und auch die Augen, in die ich blickte, sprechen mich in der Erinnerung nicht auf besondere Art an, ausgenommen vielleicht mit ein wenig Neid.

Endlich stöberte ich ihn auf. Ich ließ mich von einem gemeinsamen Freund hinführen und zum Schein mit ihm bekannt machen. Er war nicht entgegenkommend. Er sah fremd aus. Die Röte auf seinen Backenknochen war hervorstechend und unnatürlich. Er sprach mit dem gemeinsamen Bekannten und übersah mich geradezu. Möglicherweise wollte er es wiedergutmachen, als er mich endlich fragte, ob ich mich gut unterhielte.

»Es ist ein frostiger Raum«, sagte ich. Natürlich war es eine Anspielung auf sein Verhalten mir gegenüber. Hätte ich den Saal beschreiben wollen, dann hätte ich ›düster‹ oder ein ähnliches Eigenschaftswort benutzt.

»Ich ahne nicht, wie frostig Ihnen zumute ist«, entgegnete er kriegerisch, »mir ist's jedenfalls nicht so.« Dann kam eine sehr betrunkene Frau in einem Sackgewand und begann ihn abzuküssen. Ich entschuldigte mich und ging. Er sagte sehr nachdrücklich, er hoffe mich irgendwann einmal wiederzusehen.

Gerade als ich die Party verließ, fing ich seinen Blick auf, und er tat mir leid, aber gleichzeitig war ich ärgerlich über ihn. Er schien verblüfft, und als wäre ihm soeben eine wichtige Nachricht übermittelt worden. Er sah mich mit einer Gruppe von Bekannten weggehen, und ich starrte ihm ohne das leiseste Lächeln ins Gesicht. Ja, er tat mir leid. Ich war auch gereizt. Gleich am nächsten Tag, als wir uns trafen und ich darüber sprach, konnte er sich nicht einmal erinnern, daß ein gemeinsamer Freund uns vorgestellt hatte.

»Clement Hastings?« sagte er und wiederholte den Namen. Was beweist, wie nervös er gewesen sein muß.

Man kann unmöglich behaupten, daß eine schlimme Nachricht, wenn sie einem auf eine besondere Art und zu einer besonderen Zeit überbracht wird, darum weniger gräßlich wirkt. Trotzdem finde ich, daß er mir im verkehrten Augenblick den Abschied gegeben hat. Vor allem, weil's früh am Morgen war. Die Weckeruhr rasselte, und ich richtete mich auf, um zu sehen, auf welche Zeit er sie gestellt hatte. Da er an der Außenkante des Bettes lag, war er bereits dabei, den Knopf des Weckers herunterzudrücken.

»Verzeih, Liebling«, sagte er.

»Hast du sie gestellt?« fragte ich unwillig. Ich empfand so etwas wie Verrat: als hätte er sich davonschleichen wollen, ohne Lebewohl zu sagen.

»Anscheinend ja«, sagte er. Er schlang seinen Arm um mich, und wir legten uns wieder hin. Draußen war es dunkel, und als hinge Frost in der Luft – doch das kann mir die Erinnerung vorgaukeln.

»Gratuliere«, flüsterte er. »Du bekommst heute deinen Preis!« Ich sollte einen Preis für mein Ansagen erhalten. Ich war Fernsehansagerin.

»Danke«, sagte ich. Ich schämte mich deswegen. Es erinnerte mich an meine Schulzeit, wo ich immer in allem als die Erste herauskam und deshalb schuldbewußt, aber nicht genügend diszipliniert war, um mich absichtlich nicht vorzudrängen.

»Es ist herrlich, daß du die ganze Nacht geblieben bist«, sagte ich und streichelte ihn überall. Im Bett waren meine Hände nie still. Im Wachen oder im Schlafen mußte ich ihn dauernd streicheln. Nicht, um ihn zu erregen, sondern einfach, um ihn meiner Liebe zu versichern und ihm wohlzutun und vielleicht auch, um mein Besitzrecht zu festigen. Ich finde, es wirkt therapeutisch, wenn man etwas festhält. Glatte Steine behalte ich stundenlang in meiner Handmuschel, oder ich packe die Armlehnen eines Sessels und fühle mich viel wohler. Er küßte mich. Er sagte, noch nie wäre ihm jemand begegnet, der so lieb und so rücksichtsvoll war. Dadurch fühlte ich mich ermutigt, ein sehr intimes Spiel zu beginnen. Ich hörte, wie er vor Lust stöhnte, hörte sein verzücktes »Oi, oi«, wie er gleichzeitig genoß und sich sagte, er dürfe es nicht. Zuerst merkte ich gar nicht, daß seine Stimme Worte formte.

»He«, sagte er fröhlich und einfach so nebenbei. »Das kann nicht so weitergehn, wirklich nicht!« Ich glaubte, er meinte damit das, was wir gerade taten, denn es war spät, und er mußte bald aufstehen. Dann hob ich den Kopf, der unten zwischen seinen Beinen gewesen war, und schaute ihn an, durch mein Haar hindurch, das mir ins Gesicht gefallen war. Ich sah, daß er es im Ernst meinte.

»Es kam mir gerade in den Sinn, daß du mich vielleicht gar liebst«, sagte er. Ich nickte und schob mir das Haar aus der Stirn, damit er meine Bestätigung lesen konnte, die mir klar und aufrichtig im Gesicht stand. Er zog mich neben sich, so daß unsre Köpfe Seite an Seite lagen, und fing an:

»Ich bin verliebt in dich, aber ich liebe dich nicht. Ich glaube, bei all meinen Bindungen könnte ich niemanden lieben, und zwischen uns begann alles so heiter und ungezwungen ...« Seine letzten Worte kränkten mich. Es war nicht so, wie ich es ansah oder wie es in meiner Erinnerung lebte: nach den vielen Telegrammen, die er mir immer schickte: »Ich sehne mich nach einem Wiedersehen«, oder wie er schon in den allerersten Stunden, wenn wir uns wiedersahen und von Leidenschaft und Scheu und von dem Schock überwältigt waren, daß uns die Gegenwart des andern so aus der Fassung bringen konnte –, wie er da sagte: »Möge die Sonne über dir scheinen!« Wir hatten sogar in unsern Wörterbüchern nach Worten gesucht, um das ganz Besondere unsrer gegenseitigen Wertschätzung auszudrücken. Er kam mit dem Wort *cense* an. Es bedeutet anbeten oder in den Duft der Liebe hüllen. Es war ein sehr passendes Wort, und wir benutzten es immer wieder. Und jetzt leugnete er das alles ab. Er sprach davon, mich in sein Leben, sein Familienleben einzubeziehen ... Ich sollte seine Freundin werden. Doch er sagte es ohne Überzeugung. Mir fiel nichts ein, was ich hätte antworten können. Ich wußte, daß ich gefühlvoll werden würde, wenn ich den Mund aufmachte, deshalb blieb ich stumm. Als er zu sprechen aufhörte, starrte ich geradeaus auf die Ritze zwischen den Vorhängen, und während ich auf den grellen Lichtstrahl blickte, der hereinfiel, sagte ich: »Mir scheint, es hängt Frost in der Luft«, und er entgegnete, das sei sehr gut möglich, denn bald hätten wir Winter. Wir standen auf, und wie üblich schraubte er die Glühbirne aus der

Nachttischlampe und schaltete seinen Rasierapparat ein. Ich ging hinaus, um das Frühstück vorzubereiten. Es war der einzige Morgen, an dem ich vergaß, Orangensaft für ihn auszudrücken, und ich frage mich oft, ob er es als Kränkung auffaßte. Er ging kurz vor neun.

Im Wohnzimmer waren überall Spuren seines Besuchs. Oder, um genau zu sein, die Überreste seiner Zigarren. In einem von den blauen Aschenbechern, die wie Teller aussehen, lagen dicke Würste dunkelgrauer Zigarrenasche. Auch Stummel lagen da, aber ich mußte die Asche anstarren und fand, daß sie in ihrer ungeformten Dicke an seine unschönen, dicken Beine erinnerte. Und wieder stieg der Haß gegen ihn in mir auf. Ich wollte schon den Inhalt des Aschenbechers in den Kamin schütten, als mich etwas daran hinderte – und dann holte ich erstaunlicherweise eine leere Hustenbonbondose, und mit Hilfe von einem Blatt Papier hob ich die Aschenklümpchen hinein und trug die Dose nach oben. Durch die Bewegung verloren die Würste ihre Form, und während sie mich zuerst an seine Beine erinnert hatten, waren sie jetzt eine gleichförmige Masse dunkelgrauer Asche, wahrscheinlich wie die Asche der Toten. Ich schob die Dose unter ein paar Sachen in einer Schublade.

Im Laufe des Tages erhielt ich den Preis –

ein sehr großes Silbermedaillon mit meinem Namen. Bei der anschließenden Party war ich betrunken. Meine Freunde erzählten mir hinterher, ich hätte mich nicht geradezu blamiert, aber mir ist eine beschämende Erinnerung geblieben, als hätte ich eine Anekdote zu erzählen begonnen und sei unfähig gewesen, sie weiterzuerzählen – nicht, weil mir der Inhalt nicht einfallen wollte, sondern weil es mir zu schwer fiel, die Worte auszusprechen. Ein Mann brachte mich nach Hause, und nachdem ich ihm eine Tasse Tee vorgesetzt hatte, sagte ich ihm betont manierlich Gute Nacht; als er gegangen war, taumelte ich ins Bett. Wenn ich zuviel trinke, schlafe ich schlecht. Als ich aufwachte, war es draußen noch dunkel, und sofort fiel mir der voraufgegangene Morgen ein, jene Andeutung von Frost in der Luft, und seine kalten, warnenden Worte. Ich mußte es zugeben: obwohl unsre Begegnungen makellos schön waren, hatte ich stets ein Gefühl von einem drohenden Unheil gehabt: daß sich eine Kluft zwischen uns auftun würde, daß jemand es seiner Frau erzählen könnte, daß unsre Liebe schal oder gänzlich zerstört würde. Und doch waren wir noch nicht so weit gegangen, wie wir es hätten tun sollen, aber dafür wurde uns keine Zeit gelassen. Natürlich hatte er gesagt: »Rein körperlich hast du noch immer große Macht über mich«, und das fand ich an sich schon entwürdigend. Es wäre widerlich gewesen, noch weiter mit ihm zu schlafen, nachdem er mich aufgegeben hatte. Es war aus und vorbei. Ich mußte ständig an ein Veilchen im Wald denken, für das auch mal eine Zeit kommt, wo es welkt und hinstirbt. Vielleicht hatte der Frost etwas mit meinen Gedanken zu tun – oder vielmehr mit meinem Grübeln. Ich stand auf und zog meinen Morgenrock an. Von meinem Kater tat mir der Kopf weh, aber es war mir klar, daß ich ihm schreiben mußte, solange ich noch die Energie hatte. Ich kenne meine eigenen Schwächen, und ich wußte, daß ich, noch ehe der Tag vergangen war, ihn wiedersehen wollte, neben ihm sitzen wollte und ihn mit Liebsein und mit meiner überwältigenden Hilflosigkeit zurückschmeicheln wollte.

Ich schrieb den Brief, ließ aber die Sache mit dem Veilchen aus. So etwas kann man nicht schwarz auf weiß hinschreiben, ohne ein bißchen seltsam zu wirken. Ich schrieb ihm, wenn er es für unklug hielte, mich zu sehen, dann solle er mich eben nicht sehen. Ich schrieb, es wäre ein nettes Intermezzo gewesen und daß wir uns eine schöne Erinnerung daran bewahren müßten. Es war ein erstaunlich beherrschter Brief. Er antwortete umgehend. Mein Entschluß hätte wie ein Schock auf ihn gewirkt, schrieb er. Immerhin müsse er zugeben, daß ich recht hätte. Mitten im Brief sagte er, er müsse meine Gelassenheit erschüttern, und um das zu tun, müsse er gestehen, daß er mich trotz allem liebe und es immer tun würde. Das war natürlich das Wort, auf das ich seit Monaten gelauert hatte. Es gab mir das Startzeichen. Ich schrieb ihm einen langen Brief. Ich verlor den Kopf. Ich drückte alles übertrieben aus. Ich schwor, daß ich ihn liebe, daß ich in den Tagen, in denen wir uns nicht sahen, dem Wahnsinn nahe gewesen sei und auf ein Wunder gehofft habe.

Zum Glück führte ich nicht im einzelnen aus, welcher Art das Wunder sein sollte; vielleicht ist es – oder war es – ziemlich unmenschlich. Es betraf seine Familie.

Er kehrte von der Beerdigung seiner Frau und seiner Kinder zurück und trug einen schwarzen Rock. Er trug auch den weißen Seidenschal, mit dem ich ihn schon gesehen hatte, und in seinem Knopfloch steckte eine schwarze Trauertulpe. Als er in meine Nähe kam, riß ich die Tulpe weg und tauschte sie gegen eine weiße Narzisse aus, und er legte mir daraufhin seinen Schal um den Hals und zog mich zu sich heran, indem er den Schal an den weißen Fransen festhielt. Ich bewegte meinen Hals in der Schlinge des Schals vor und zurück. Dann tanzten wir einen heimlichen Tanz auf einem Holzfußboden, der weiß und schlüpfrig war. Ein paarmal dachte ich, wir würden hinfallen, aber er sagte: »Ich bin bei dir.« Die Tanzfläche war auch eine Straße, und wir gingen irgendwohin, wo es herrlich war.

Wochenlang erwartete ich eine Antwort auf meinen Brief, doch es kam keine. Mehr als einmal griff meine Hand nach dem Telefon, aber eine warnende Stimme – für mich ein neues Gefühl – im Hintergrunde meines Denkens befahl mir zu warten. Ihm Zeit zu lassen. Damit das Bedauern von seinem Herzen Besitz ergreifen konnte. Damit er aus eigenem Antrieb kam. Und dann überfiel mich panische Angst. Ich dachte, der Brief könne vielleicht verlorengegangen oder in fremde Hände gefallen sein. Ich hatte ihn natürlich in sein Büro in Lincoln's Inn geschickt, wo er arbeitete. Ich schrieb noch einen Brief. Diesmal war es ein formelles Schreiben, und dazu legte ich eine Postkarte mit den Worten *Ja* und *Nein*. Ich bat ihn, falls er meinen letzten Brief erhalten hätte, es mich bitte wissen zu lassen, indem er einfach das Wort auf meiner Karte durchstrich, das nicht zutraf, und sie mir zurückzuschicken. Sie kam zurück, und das *Nein* war durchgestrichen. Sonst nichts. Er hatte also meinen Brief erhalten. Ich muß die Karte wohl stundenlang angestarrt haben. Ich konnte das Zittern nicht unterdrücken, und um mich zu beruhigen, nahm ich einen Drink nach dem andern. Die Karte hatte etwas so Brutales an sich – andrerseits konnte man sagen, daß ich es herausgefordert hatte, indem ich auf diese Art an das Problem herangegangen war. Ich holte die Dose mit seiner Zigarrenasche hervor und weinte: ich wollte sie aus dem Fenster schleudern, und ich wollte sie ewig aufbewahren.

Im allgemeinen benahm ich mich sehr seltsam. Ich rief eine Frau an, die ihn kannte, und erkundigte mich ohne jeglichen Grund, ob sie wisse, was für ein Hobby er habe. Sie erwiderte, er spiele Harmonium, und das fand ich völlig unerträglich. Dann hatte ich eine Pechsträhne, und am dritten Tag verlor ich die Beherrschung.

Vor lauter Schlaflosigkeit und vom Whiskytrinken und den Anregungspillen wurde ich sehr komisch. Ich zitterte am ganzen Leibe und atmete sehr rasch, wie man es sonst tut, wenn man einen Unfall mit angesehen hat. Ich stand an meinem Schlafzimmerfenster, das im ersten Stock liegt, und schaute auf den Zementboden unten. Die einzigen Blumen, die noch blühten, waren die Hortensien, und sie waren zu einem sanften Rotbraun verblaßt, das viel hübscher war als im Sommer das grelle Rosa. Im Garten nebenan hatten sie Frostmützen über die Fuchsien gestülpt. Ich schaute zuerst auf die Hortensien und dann auf die Fuchsien und versuchte, die Folgen eines Sprunges abzuschätzen. Ich überlegte, ob der Sprung tief genug wäre. Da ich körperlich sehr ungeschickt bin, konnte ich mir nur vorstellen, daß ich mich gefährlich verletzen würde, und das wäre schlimmer, weil ich dann bettlägerig geworden wäre, eingepfercht mit gerade den Gedanken, die mich zur Verzweiflung brachten. Ich öffnete das Fenster und beugte mich hinaus, wich aber schnell zurück. Ich hatte eine bessere Idee. Unten war ein Installateur, der eine Zentralheizung anlegte – ein Projekt, auf das ich mich eingelassen hatte, seit mein Liebhaber regelmäßig zu kommen begann und wir es liebten, nackt im Zimmer herumzuwandern, Sandwiches zu essen und Platten zu spielen. Ich beschloß, mich mit Gas zu vergiften und den Installateur um Hilfe zu bitten, damit ich es richtig durchführte. Ich wußte – jemand muß es mir erzählt haben –, daß mittendrin ein Moment kommt, wo der Selbstmörder es bereut und versucht, wieder aufzuhören, es jedoch nicht mehr kann. Das schien mir wie eine zusätzliche tragische Note, die ich nicht auch noch auf mich nehmen wollte. Daher beschloß ich, zu diesem Mann hinunterzugehen und ihm zu erklären, daß ich sterben *wollte* und daß ich es ihm nicht einfach sage, damit er mich daran hindere oder mich tröste – ich wollte kein Mitleid: es kommt ein Zeitpunkt, wo Mitleid nicht mehr hilft –, und daß ich einfach seinen Beistand brauchte. Er konnte mir zeigen, was ich zu tun hatte, konnte mich plazieren, und – wie widersinnig – er sollte in der Nähe sein, um innerhalb der nächsten paar Stunden das Telefon abzunehmen und auf die Klingel an der Haustür zu achten. Und auch, um mich mit Würde aus dem Wege zu räumen. Ja, das vor allem andern! Ich überlegte sogar, was ich anziehen wollte: ein langes Kleid, das zufällig die gleiche Farbe wie die Hortensien in ihrem rostbraunen Stadium hatten und das ich nie trug, außer mal für eine Fotografie und fürs Fernsehen. Ehe ich nach unten ging, schrieb ich einen Zettel, auf dem einfach stand: »Ich begehe Selbstmord, weil es mir an Verstand fehlt und ich nicht weiß und auch nicht durch Erfahrung lernen kann, wie man leben sollte.«

Vielleicht findet mancher, ich sei gefühllos, weil ich nicht an das Leben meiner Kinder gedacht habe. Aber das hatte ich doch getan. Lange bevor die Sache begann, war ich zu dem Schluß gekommen, daß sie schon damals unwiderruflich von mir getrennt worden waren, als sie ins Internat geschickt wurden. Wenn man so will, hatte ich sie bereits vor Jahren im Stich gelassen. Ich dachte – und das war kein hysterisches Eingeständnis –, daß es auf den Verlauf ihres Lebens wenig oder keinen Einfluß ausüben konnte, ob ich lebte oder tot war. Ich sollte noch erwähnen, daß ich sie seit einem Monat nicht gesehen hatte, und es ist eine empörende Tatsache, daß durch eine Trennung die Liebe zwar nicht geringer wird, daß aber unsere körperliche Liebe für unsre geliebten Menschen abnimmt. Die Kinder sollten gerade an diesem Tag für die Ferien nach Hause kommen, aber da ihr Vater an der Reihe war, sie bei sich zu haben, würde ich sie nur an einem Nachmittag und nur für ein paar Stunden sehen. Und das erschien mir in meinem verzagten Gemütszustand viel schlimmer, als sie überhaupt nicht zu sehen.

Und natürlich, als ich nach unten kam, warf der Installateur einen einzigen Blick auf mich und sagte: »Was Ihnen guttun würde, wäre eine Tasse Tee!« Er hatte den Tee sogar schon fertig. Ich nahm also an und stand da und wärmte meine kleinen Hände – klein wie Kinderhände – an der Walzenform des braunen Bechers. Plötzlich überfiel mich die Erinnerung an meinen Geliebten, wie er unsre Hände gemessen hatte, als wir nebeneinander im Bett lagen, und wie er mir gesagt hatte, meine Hände wären nicht größer als die seiner Tochter. Und dann kam mir eine andere, weniger erfreuliche Erinnerung an Hände. Sie ging auf einen Tag zurück, als wir uns getroffen hatten und er sichtlich betrübt war, weil er die Hand ebendieser Tochter in der Wagentür eingeklemmt hatte. Die Finger waren nicht gebrochen, aber übel verletzt; es war ihm schrecklich zumute, und er hoffte, seine Tochter würde es ihm verzeihen. Nachdem mir die Geschichte erzählt worden war, platzte ich mit einer Anekdote los, wie *ich* einmal beinah all meine Finger in der Tür eines neuen Jaguar verloren hätte, den ich mir gekauft hatte. Es war sinnlos, und ein Zuhörer hätte daraus schließen können, ich sei eine prahlsüchtige, herzlose Frau. Mir hätte jedes Kind leid getan, dessen Finger in eine Autotür geraten waren, aber im Augenblick versuchte ich nur, ihn in seine und meine geheime Welt zurückzurufen. Vielleicht gehörte es zu den Dingen, derentwegen er mich weniger liebte. Vielleicht war es damals, daß er beschloß, der Sache ein Ende zu machen. Ich war im Begriff, es dem Installateur zu sagen und ihn daran zu erinnern, daß die sogenannte Liebe oft das Herz verhärtet, aber wie der Vergleich mit dem Veilchen ist es etwas, das scheußlich danebenhauen kann, und wenn das der Fall ist, geraten die beiden Menschen in tödliche

Verlegenheit. Er hatte Zucker in meinen Tee getan, und er war mir zu süßlich.

»Ich möchte, daß Sie mir helfen«, sagte ich.

»Jederzeit«, sagte er. Das sollte ich doch wissen. Wir seien Freunde. Er würde die Rohre geschmackvoll einbauen. Es würden kleine Kunstwerke, und die Radiatoren würde er zu den Wänden passend anstreichen.

»Sie glauben vielleicht, daß ich sie weiß streiche, aber sie werden ein helles Elfenbein«, sagte er. Die weiße Tünche auf den Küchenwänden war ein bißchen nachgegilbt.

»Ich will mich umbringen«, sagte ich rasch.

»Allmächtiger!« rief er, und dann lachte er laut heraus. Er hätte schon immer gewußt, daß ich dramatisch sein könne. Dann blickte er mich an, und mein Gesicht verriet ihm offenbar alles. Zum Beispiel konnte ich meinen Atem nicht beherrschen. Er legte den Arm um mich und führte mich ins Wohnzimmer, wo wir einen Drink nahmen. Ich wußte, daß er sehr für einen Drink war, und dachte bei mir: des einen Unglück ist des andern Glück. Das Verrückte war, daß ich wie ein lebendiger Mensch weiterdachte. Er sagte, ich hätte so vieles, für das es sich zu leben lohnte. »Eine junge Frau wie Sie – mit all den Menschen, die Ihr Autogramm wollen, und mit einem herrlichen neuen Wagen«, sagte er.

»Es ist alles ...« Ich suchte nach dem Wort. Ich hatte ›sinnlos‹ sagen wollen, doch das Wort, das ich herausstieß, war »grausam«.

»Und Ihre Jungens?« fragte er. »Wie ist's denn mit Ihren Jungens?« Er hatte Fotos von ihnen gesehen, und einmal hatte ich ihm einen Brief von dem einen vorgelesen. Das Wort ›grausam‹ schien mir durch den Kopf zu lodern. Es kreischte mich aus jeder Zimmerecke an. Um seinem Blick auszuweichen, sah ich auf den Ärmel meiner Angorajacke und begann, methodisch die Flöckchen abzuzupfen und in einen kleinen Ball zu verrollen.

Dann entstand eine Pause.

»Das hier ist eine Unglücksstraße«, sagte er. »Sie sind die dritte.«

»Wieso die dritte?« fragte ich und sammelte fleißig schwarze Flöckchen in meine Handmuschel ein.

»Eine Frau weiter straßauf hatte einen Mann, einen Kapellmeister, der abends lange nicht heimkam. Eines Abends ging sie in einen Tanzsaal und sah ihn mit einer andern. Sie ging nach Hause und tat's – sofort.«

»Gas?« fragte ich mit echter Wißbegier.

»Nein, Tabletten«, antwortete er und steckte schon in der nächsten Geschichte – von einem Mädchen, das sich mit Gas umgebracht hatte. Er hatte sie gefunden, weil er im Haus war, das er damals auf Trockenfäule behandelte. »Nackt – bis auf einen Pulli«, sagte er und sinnierte, weshalb sie so eigenartig bekleidet war. Er war plötzlich ganz anders, als er sich erinnerte, wie er ins Haus gegangen war und das Gas gerochen und aufgespürt hatte.

Ich sah ihn an. Sein Gesicht war ernst. Er hatte verkrustete Augenlider. Ich hatte ihn noch nie aus solcher Nähe gesehen. »Armer Michael!« sagte ich. Eine klägliche Entschuldigung. Ich dachte, wenn er mich bei meinem Selbstmord unterstützt hätte, würde es sich seinem Gedächtnis auf ewig eingeprägt haben.

»Ein schönes junges Mädchen«, sagte er nachdenklich.

»Das arme Ding«, erwiderte ich und brachte Mitleid auf.

Es war nichts weiter zu sagen. Durch Beschämung hatte er mich davon abgebracht. Ich stand auf und gab mir Mühe, ins normale Leben zurückzukehren: ich nahm einige Gläser von einem Seitentisch und ging zur Küche hinüber. Wenn gebrauchte Gläser ein Beweis fürs Trinken sind, hatte ich in den vergangenen paar Tagen eine ganze Menge geleistet.

»Well«, sagte er und stand auf und seufzte. Er gab zu, mit sich zufrieden zu sein.

Zufällig kam es an jenem Tag zu einer kleinen Krise. Obwohl meine Kinder eigentlich zu ihrem Vater zurückkehren sollten, rief er mich an und sagte, der ältere Junge habe Fieber, und da er (wenn er's auch nicht erwähnte) nicht für ein krankes Kind sorgen konnte, wäre er dankbar, wenn er sie zu mir bringen dürfe. Sie kamen am Nachmittag. Ich erwartete sie im Haus und hatte ziemlich viel Make-up aufgelegt, um meinen Kummer zu verheimlichen. Der kranke Junge war in seinen Tweedmantel und in eine Wolldecke gehüllt, und um sein Gesicht war ein Schal seines Vaters gewickelt. Als ich ihn küßte, fing er an zu weinen. Der jüngere Sohn ging im Haus herum und überzeugte sich, ob noch alles so war, wie er es zuletzt gesehen hatte. Sonst hatte ich für ihre Rückkehr immer Geschenke vorbereitet, doch diesmal hatte ich es außer acht gelassen, und deshalb waren sie etwas enttäuscht.

»Morgen«, versprach ich.

»Warum hast du Tränen in den Augen?« fragte der kranke Junge, als ich ihn auszog.

»Weil du krank bist«, erwiderte ich – was nur halb der Wahrheit entsprach.

»O Mamsies!« rief er und nannte mich mit einem Namen, den er jahrelang benutzt hatte. Er umarmte mich, und wir begannen beide zu weinen. Er war mein weniger geliebtes Kind, und ich spürte, daß er deswegen weinte und auch wegen all der vielen ungeahnten Kümmernisse, die ihm durch die Situation eines zerrütteten Elternhauses aufgebürdet wurden. Es war seltsam und unbefriedigend, ihn in den Armen zu halten, nachdem ich mich im Laufe der Monate an die Figur meines Geliebten gewöhnt hatte, an die Breite seiner Schultern und die genaue Körperlänge, die mich gezwungen hatte, auf Zehenspitzen zu stehen, damit sich unsre Glieder restlos entsprachen. Als ich meinen Sohn umschlungen hielt, wurde mir nur bewußt, wie klein er war und wie beharrlich er sich an mich klammerte.

Ich setzte mich mit meinem jüngeren Sohn ins Schlafzimmer, wo wir ein Unterhaltungsspiel begannen, bei dem man Fragen ausruft, zum Beispiel: »Ein Fluß? Ein berühmter Fußballer?«, und dann eine Scheibe zum Kreiseln bringt, bis sie auf einem Buchstaben niedersinkt, der dann als Anfangsbuchstabe für den Fluß oder den Fußballer benutzt werden muß, oder was sonst die Frage gerade verlangt. Ich stellte mich dumm an, und der kranke Junge konnte es auch nicht gut. Sein Bruder gewann mit Leichtigkeit, obwohl ich ihn vorher gebeten hatte, den kranken Bruder gewinnen zu lassen. Kinder sind gefühllos.

Wir fuhren alle hoch, weil die Heizung zu funktionieren begann und der Boiler, der genau unter uns im Keller stand, ein mächtiges Gurgeln hören ließ: wir machten genau die gleiche, jähe und eruptive Bewegung, die ich am Vormittag hatte machen wollen, als ich am Schlafzimmerfenster gestanden hatte, um mich hinunterzustürzen. Als besondere Überraschung für mich, und um mich etwas aufzuheitern, hatte der Installateur zwei Kameraden geholt, und zu dritt hatten sie die Arbeit beendet. Damit wir's warm hätten und glücklich wären, wie er sagte, als er ins Schlafzimmer kam, um es mir zu berichten. Ich war verlegen. Seit unserm Drama am Vormittag war ich ihm ausgewichen. Zur Teezeit hatte ich ihm seinen Tee nur auf einem Tablett auf die Treppe hingestellt. Ob er andern Leuten erzählen würde, daß ich ihn aufgefordert hatte, mein Mörder zu sein? Hatte er meine Bitte überhaupt durchschaut? Ich gab ihm und seinen Freunden etwas zu trinken, und sie standen linkisch im Schlafzimmer der Kinder und blickten dem kleinen Jungen ins erhitzte Gesicht und sagten, es würde ihm bald wieder gutgehen. Was sonst hätten sie auch sagen können?

Den Rest des Abends spielten die Jungen und ich das Fragespiel immer wieder von vorne, und kurz bevor sie einschlafen sollten, las ich ihnen eine Abenteuergeschichte vor. Am nächsten Morgen hatten sie alle beide Fieber. In den nun folgenden Wochen hatte ich mit ihrer

Pflege genug zu tun. Ich kochte ihnen sehr viel Bouillon und brockte Brot hinein und überredete sie, die eingetunkten, appetitanregenden Brotstückchen hinunterzuschlucken. Sie verlangten dauernd, unterhalten zu werden. An Tatsachen konnte ich ihnen nichts anderes berichten als kleine Einzelheiten aus der Naturkunde, die ich bei einem Kollegen in der Fernsehkantine aufgeschnappt hatte. Sogar wenn ich sie ausschmückte, dauerte es nicht länger als zwei Minuten, sie meinen Kindern zu erzählen: von einer Schmetterlingsplage in Venezuela, von ›Ai‹ genannten Tieren, die so faul sind, daß sie von den Bäumen hängen und von Moos überzogen werden, und von den Spatzen in England, die so ganz anders als die Spatzen in Paris zwitschern.

»Noch mehr!« baten sie. »Noch mehr! Noch mehr!« Dann mußten wir uns wieder das alberne Spiel vornehmen oder eine neue Abenteuergeschichte anfangen.

In diesen Stunden erlaubte ich meinen Gedanken nicht abzuschweifen, aber an den Abenden, wenn ihr Vater kam, zog ich mich stets in mein Wohnzimmer zurück und nahm einen Drink. Und das war wirklich zum Verzweifeln. Das Nichtstun verführte mich zum Grübeln, und dann habe ich auch sehr schwache Glühbirnen in den Lampen: die matte Beleuchtung verleiht dem Zimmer eine Atmosphäre, die Erinnerungen weckt. Ich geriet in die Vergangenheit. Ich inszenierte verschiedene Arten einer Wiederbegegnung mit meinem Geliebten, und die liebste war mir ein unerwartetes Wiedersehen in einer von den vielen gekachelten, unmenschlichen Fußgänger-Unterführungen, wo wir aufeinander zuliefen und uns vor einer Treppe befanden, über der stand: »Nur zum Central Island« (in London gibt es tatsächlich so eine), und lachend sprangen wir die Stufen hinauf, beflügelt und herrlich beschwingt. In weniger schwachen Momenten bedauerte ich es, daß wir nicht mehr Sonnenuntergänge gesehen hatten, nicht mehr Zigaretten-Reklameschilder oder sonst irgend etwas, denn in der Erinnerung wurden all die Begegnungen zu einem einzigen langen, ununterbrochenen Liebesakt, ohne die Nüchternheit dazwischenliegender Dinge, die diese Glanzpunkte noch mehr hervorgehoben hätten. Die Tage, die Nächte mit ihm schienen in eine lange, schöne Nacht verschmolzen, aber eben nur in eine einzige, anstatt sich über die siebzehn Begegnungen zu verteilen, die der Wirklichkeit entsprachen. Ach, diese entschwundenen Glanzpunkte! Einmal war ich so überzeugt, er sei ins Zimmer getreten, daß ich einen Schnitz von der Apfelsine abriß, die ich gerade geschält hatte, und sie ihm reichen wollte.

Doch aus dem andern Zimmer hörte ich die tiefe, ruhige Stimme des Vaters der Kinder, der ihnen mit aller Einbildung eines Dogmen vortragenden Vaters Kenntnisse beibrachte, und ich schauderte vor dem Abgrund an Gift, der uns trennte, während wir doch einmal zu lieben vorgegeben hatten. Geschundene Liebe! Dann übertrug sich etwas von dem Gefühl, das ich gegen meinen Mann hegte, auf meinen Geliebten, und ich redete mir ein, daß der Brief, in dem er mich zu lieben behauptete, nur Verstellung war und daß er ihn erst geschrieben hatte, als er glaubte, von mir freigekommen zu sein. Doch sowie er sich wieder gebunden sah, zog er sich zurück und bedachte mich mit der Postkarte. Ich wurde mir selber fremd. Der Haß schwoll an. Ich wünschte ihm tausend Demütigungen an den Hals. Ich heckte sogar eine Dinner-Party aus, zu der ich gehen würde, nachdem ich mich vergewissert hatte, daß auch er eingeladen war, und dann würde ich ihn die ganze Zeit schneiden. Meine Gedanken schwankten zwischen Haß und der Hoffnung auf einen Abschluß, damit ich mich von seiner Einstellung zu mir überzeugen konnte. Sogar als ich im Bus saß, brachte ich eine Reklame, auf die mein Blick fiel, sofort mit ihm in Verbindung. Da stand: »*Nur keine Angst: Wir flicken, wir ändern, wir erneuern!*« Es war eine

Anzeige für das Aufziehen zerrissener Perlenketten. Ich würde schon flicken – aber gründlich!

Ich kann nicht sagen, wann es anfing, denn das wäre zu genau festgelegt, und jedenfalls weiß ich es nicht. Doch die Kinder waren wieder in der Schule, und wir hatten Weihnachten überstanden, und er und ich hatten keine Weihnachtskarten ausgetauscht. Aber ich fing an, weniger streng über ihn zu denken. Im Grunde waren es törichte Gedanken. Ich hoffte, daß er kleine Freuden hatte, wie zum Beispiel: in Restaurants essen, und daß er saubere Socken hatte und Rotwein von der Temperatur, die ihm lieb war, und sogar – ja sogar Bettfreuden mit seiner Frau. Bei diesem Gedanken mußte ich innerlich lächeln – es war das neue Lächeln, das ich entdeckt hatte. Ich erschrak jetzt beim Gedanken, in welche Gefahr er sich begeben hatte, wenn er mich besuchte. Natürlich bekämpften sich die älteren, wunden Gefühle mit den neueren. Es war, wie wenn man eine Kerze über einen Flur trägt, in dem ein starker Durchzug herrscht und wo die Aussichten, sie brennend zu erhalten, ziemlich schwach sind. Ich dachte im gleichen Augenblick an ihn und an meine Kinder; ihre kleinen Schwächen übertrug ich auf ihn: bei meinen Kindern die großartigen Lügen über ihre sportlichen Leistungen

– und bei ihm das leise Schnaufen, wenn wir eine Treppe hinaufgingen und er es vor mir zu verheimlichen suchte. Der Altersunterschied zwischen uns muß ihn beunruhigt haben. Und da war es, glaube ich, daß ich ihn wirklich zu lieben begann. Sein Werben, seine Telegramme und schließlich die Trennung, ja sogar unsre Liebesspiele waren nichts im Vergleich zu diesem neuen Gefühl. Es stieg wie ein neuer Lebenssaft in mir auf, und die Tatsache, daß er keinen Anteil daran haben sollte, brachte mich oft zum Weinen! Die Versuchung, ihn anzurufen, war überwunden.

Sein Anruf kam aus heiterem Himmel. Es war einer von den Anrufen gewesen, bei denen ich immer überlegte, ob ich abheben solle oder nicht, denn meistens ließ ich es läuten. Er fragte mich, ob wir uns wiedersehen könnten und ob – er sagte es so sanft – ob meine Nerven kräftig genug wären. Ich antwortete ihm, daß meine Nerven noch nie so ruhig waren. Es war eine Freiheit, die ich mir erlauben mußte. Wir trafen uns in einem Café beim Tee. Wieder gab es Toast. Genau wie damals. Er fragte nicht, wie es mir ginge. Machte eine Bemerkung über mein gutes Aussehen. Keiner von uns erwähnte den Vorfall mit der Postkarte. Er erklärte auch nicht, welche Anwandlung ihn bewogen hatte, mich anzurufen. Vielleicht war es überhaupt keine Anwandlung. Er sprach von seiner Arbeit und wieviel er zu tun gehabt hätte, und dann erzählte er eine kleine Geschichte, wie er eine ältliche Tante zu einer Fahrt mitgenommen habe und so langsam gefahren sei, daß sie ihn gebeten habe, schneller zu fahren, denn zu Fuß wäre sie rascher hingekommen.

»Du hast dich erholt«, sagte er plötzlich. Ich blickte ihm ins Gesicht. Ich konnte sehen, daß es ihn beschäftigte.

»Ich hab's überwunden«, sagte ich, tauchte den Finger in die Zuckerschale und ließ ihn die weißen Kristalle von meinen Fingerspitzen ablecken. Der arme Mann! Ich hätte ihm nichts anderes sagen können, er würde es nicht verstanden haben. In gewisser Weise war es so, als wäre ich mit jemand anders zusammen. Er war nicht der Mann, der die Bettdecke zurückgeschlagen und mich leergetrunken hatte und der seine Zigarrenasche zur Aufbewahrung zurückließ. Er war nur der Stellvertreter jenes andern.

»Wir könnten uns von Zeit zu Zeit treffen«, sagte er.

»Ja.« Ich muß skeptisch ausgesehen haben.

»Oder möchtest du nicht?«

»Doch – so bald dir mal danach zumute ist.«

Weder freute mich der Gedanke, noch fürchtete

ich mich davor. Auf das, was ich empfand, hatte es keinen Einfluß. Und nun kam es mir zum erstenmal in den Sinn, daß ich mich mein Leben lang vor Einkerkerungen gefürchtet hatte: vor der Zelle einer Nonne, vor dem Bett im Krankenhaus, vor Orten, wo man dem Selbst ohne Ablenkung gegenübertritt, ohne die Krücken von andern Leuten – doch wie ich so dasaß und ihn mit weißem Zucker fütterte, dachte ich, jetzt habe ich eine Zelle betreten, und dieser Mann kann nicht wissen, was es für mich bedeutet, ihn so zu lieben, wie ich ihn liebe, und ich kann ihn nicht damit belasten, weil er in einer andern Zelle ist und sich andern Schwierigkeiten gegenübersieht.

Die Zelle erinnerte mich an ein Kloster, und um etwas zu sagen, sprach ich von meiner Schwester, der Nonne.

»Wie geht es ihr?« fragte er. Er hatte sich oft nach ihr erkundigt. Er hatte sich für sie interessiert und mich gefragt, wie sie aussähe. Ich hatte sogar den Eindruck gehabt, als habe er mit dem Gedanken gespielt, mit ihr zu schlafen.

»Es geht ihr gut«, sagte ich. »Wir gingen einen Korridor entlang, und sie bat mich, ich solle mich umschauen und achtgeben, daß keine von den andern Schwestern in der Nähe sei, und dann hob sie ihre Röcke hoch und rutschte das Geländer hinunter.«

»Das liebe Mädchen«, sagte er. Ihm gefiel die Geschichte. An jeder Kleinigkeit hatte er solche Freude!

Ich genoß unsern Tee. Es war einer der am wenigsten unfruchtbaren Nachmittage, den ich seit Monaten gehabt hatte, und als wir aus dem Café traten, packte er meinen Arm und sagte, wie wunderbar es wäre, wenn wir ein paar Tage zusammen wegfahren könnten. Vielleicht meinte er es wirklich so.

Aber unser Versprechen hielten wir. Wir treffen uns von Zeit zu Zeit. Man konnte sagen, alles war wieder normal. Mit normal meine ich ein Stadium, in dem ich den Mond und die Bäume bemerke und frische Spucke auf dem Bürgersteig; ich sehe fremde Menschen an, und in ihrem Gesichtsausdruck finde ich etwas von meiner eigenen Notlage; ich bin ein Teil des alltäglichen Lebens, nehme ich an. In meinem Schlafzimmer ist eine Lampe, die jedesmal, wenn ein elektrischer Zug vorbeifährt, ein trockenes Knistern hören läßt, und in der Nacht zähle ich es, denn das ist die Zeit, in der er wiederkommt. Ich meine, der richtige *Er* – nicht der Mann, der mir dann und wann am Tisch in einem Café gegenübersitzt, sondern der Mann, der irgendwo in mir wohnt. Er steigt vor meinen Augen auf – seine Beterhände, seine Zunge, die so gerne spielt, seine schlauen Augen, sein Lächeln, die Adern auf seinen Wangen, die ruhige Stimme, die vernünftig mit mir spricht. Wahrscheinlich wundert sich mancher, weshalb ich mich so mit diesen Einzelheiten seines Seins abquäle, aber ich brauche es, ich kann ihn jetzt nicht gehenlassen, denn wenn ich es tun würde, dann wäre all unser Glück und meine darauf folgende Qual (über die seine kann ich nichts aussagen) wie *nichts* in meinem Leben gewesen, und ›nichts‹ ist etwas Furchtbares, will man sich daran festhalten.

Ein Ausflug

Als Mrs. Farley sie das erstemal sah, saß sie in einem Bus. Während der Bus um die Ecke schwankte, erspähte sie den Preis und wunderte sich, wie so etwas möglich sein konnte. Eine dreiteilige Polstergarnitur für neun Pfund? Vielleicht waren's neunzehn Pfund? Oder neunzig? Den ganzen Tag dachte sie daran.

Am nächsten Morgen, auf dem Weg zur Arbeit, ging sie hin. Es stimmte, neun Pfund. Eine recht gute dreiteilige Polstergarnitur, mit dunkelgrünem Wollstoff überzogen. Natürlich gebraucht, aber nicht so schäbig, daß es auffiel. Es hätten ebensogut Möbel sein können, die sie seit Jahren in ihrer eigenen Wohnung gehabt hatte – all die Jahre seit ihrer Heirat. Sie würde sie kaufen.

Glücklicherweise hatte sie in der Handtasche ein Pfund; das genügte als Anzahlung. Während der Mann eine Quittung ausschrieb, setzte sie sich auf die Sessel und dann auf die Couch. Sie rutschte die Sitzfläche entlang, um sich zu überzeugen, daß die Sprungfedern noch gut waren. Wie fein die Polstermöbel in ihr Vorderzimmer passen würden! Abends könnten sie und Mr. Farley jeder in einem Sessel sitzen. Im Mai, wenn Mr. Farley sich am Ausflug der Boiler-Fabrikanten beteiligte, konnten sie und ihr Freund nebeneinander auf der Couch sitzen. Es würde wunderbar sein: Mai; die Sonne fällt durchs Fenster auf die Rizinuspflanze, und dazu die Couch mit ihrem etwas dunkleren Grün, mit Schonerdeckchen, um sie vor der Sonne und vor fettigem Haar zu schützen. Sie würde ihm ein Kissen in den Rücken stopfen, und wenn sie ein bißchen Glück hatte, würde draußen schon etwas blühen und den mit Kreosot getränkten Zaun verstecken. Da konnte er gleich sehen, was für eine gute Gärtnerin sie war.

»Sicher, Madam«, erwiderte der Verkäufer, als sie ihn wegen der Zustellung fragte. Sie würden alles liefern. Und sie konnte bezahlen, wie und wann sie wollte.

»Schauen Sie sich doch noch unsre andern Sachen an«, sagte er. Außer den gebrauchten Möbeln verkauften sie auch neue.

»Eine von denen da würde mir gefallen!« Sie zeigte auf eine Gruppe von Kristallvasen, die auf einem Tisch mit Glasplatte standen. Selbst im winterlichen Licht wiesen die Facetten des Kristalls sämtliche Regenbogenfarben auf. Glyzinien mußten in einer so hohen Vase herrlich aussehen. Tränende Glyzinien. Ihre Lieblingsblumen. Ein wässeriges Blau, verblaßt, beinah wie ein Kleid, das wiederholt gewaschen wurde.

»Wenn ich im Toto gewinne«, sagte sie und machte sich auf den Weg zur Arbeit.

Es war ein scheußlicher Tag. Der Schnee lag jetzt volle acht Wochen auf der Erde. Als er zuerst niedersank – und bei jedem neuen Schneefall –, war er flaumfederweiß gewesen, doch zwischendurch hatte er die Farbe von Mr. Farleys Nachtgeschirr angenommen, wenn sie es allmorgendlich zum Ausleeren aufhob. Frisches Gemüse gab's auch nicht. Aber Gerüchte, daß Kohle und Petroleum rationiert werden sollten. London konnte nie mit Krisen fertig werden – keine Organisation!

An jenem Vormittag arbeitete sie in zwei Häusern. Im ganzen putzte sie wöchentlich sechs Häuser, montags, mittwochs und freitags je zwei. Die übrigen Tage waren der Arbeit in ihrem eigenen Heim vorbehalten, das infolgedessen ein kleiner Palast war. Sogar ihr Mann gab es zu. Und er sah eine Menge Häuser, weil er die Boiler installierte. Er wußte, wie schmutzig das durchschnittliche Londoner Haus war: Ruß auf den Fensterbrettern, das Getäfel nie gewischt und die Fernsehknöpfe nicht abgestaubt.

»Also endlich hab ich einen guten Fischzug gemacht«, erzählte sie Mrs. Captain Hagerty, die an jenem Morgen ihre erste Arbeitgeberin war. Mrs. Captain Hagerty telefonierte gerade: sie beschwerte sich wegen einer Wolldecke, die sie gekauft hatte und die ihr eingegangen war.

»Es ist eben mein Glücksjahr«, sagte Mrs. Farley und zog ihren Mantel, die gute Strickjacke und die Gummistiefel aus. Eins stand fest, dachte Mrs. Captain Hagerty, Mrs. Farley war munterer als bisher. Rundlich war sie ja, aber ihr Gesicht war anders: die Züge waren weicher, und der Ausdruck in ihren Augen war nicht so herzlos blau. Ob Mrs. Farley einen andern Mann gefunden hatte? Mrs. Captain Hagerty hielt es für unwahrscheinlich, aber da täuschte sie sich. Mrs. Farley hatte tatsächlich in ihrem sechsundvierzigsten Lebensjahr einen andern Mann gefunden. Sie hatten sich seit Jahren flüchtig gekannt – er wohnte in der Nähe –, hatten an den Bus-Haltestellen hin und wieder miteinander geschwatzt, und einmal hatte er ihr beim Metzger den Vortritt gelassen. Kurz vor Weihnachten wurde es ihr auf einmal klar, daß sie ihn seit Wochen nicht gesehen hatte, und mehrere Wochen hindurch hielt sie nach ihm Ausschau. Sie dachte oft an sein Gesicht, besonders des Nachts, wenn sie müde war – an ein mageres, enttäuschtes Gesicht und an das Netz von Krähenfüßen um seine Augen. Er arbeitete in einer Möbelfabrik, und wahrscheinlich mußte er dauernd die Augen zusammenkneifen, damit ihm kein Sägemehl hineinkam. So ging's eben mit der schweren Arbeit: sie hinterließ ihre Spuren auf den Händen, im Gesicht und sonstwo.

Sie hatte schon alle Hoffnung aufgegeben, ihn jemals wiederzusehen, als sie sich eines Tages, während es schneite, begegneten, und sie stürzte auf ihn zu, um ihm die Hand zu geben. Er war magerer geworden, doch die Krähenfüße waren nicht mehr so deutlich zu sehen. Er war krank gewesen. Wär fast gestorben, sagte er. Plötzlich – ehe sie begriff, was sie tat – hatte sie ihre Hand ausgestreckt und gerufen: »Sie dürfen mir nicht sterben!«, und dann hatten sie die Handschuhe ausgezogen und sich bei den Händen gehalten – wie zwei Leute, die verzweifelt notwendig jemandes Hand halten mußten. Sie spazierten ein Stückchen die Seitenstraße entlang.

»Ich hab etwas über eine Schneeflocke im Fernsehen gelernt«, erzählte sie ihm. »Sie ist ein regelmäßiger Kristall.«

»Das hab ich auch gesehen«, erwiderte er und drückte ihre Hand noch mehr. Der Schnee streifte ihre Wangen, aber sanft, wie Blütenblätter, und warme Tränen stiegen ihr in die Augen. Sie waren beide in der gleichen Klemme, mit Menschen verheiratet, die sie nicht gern hatten, und arbeiteten den ganzen Tag, dann abends nach Hause, Fernsehen, Bett, Weckeruhr auf sechs gestellt. Sie hielt es für einen seltsamen Zufall, daß sie beide auf sechsundvierzig zugingen und aufs Gärtnern erpicht waren. Ehe eine halbe Stunde verstrichen war, hatten sie sich ineinander verliebt, und wie alle heimlichen Liebespärchen waren sie sich bereits der Gefahren bewußt. Ihre traurigen Augen waren es gewesen, sagte er, die ihn zuerst angezogen hatten – damals beim Metzger. Sie gab es zu, daß sie früher reichlich Anlaß zum Weinen gehabt hatte.

»Sogar jetzt noch«, entgegnete er. Durch den Tränenschleier sah sie, wie er ihr zulächelte, und sie beteuerte ihm, wie glücklich sie beide sein würden.

»Ja«, sagte sie zu Mrs. Captain Hagerty, »in der letzten Zeit hab ich sehr viel Glück gehabt«, und sie wischte die Pfütze weg, die ihre Überschuhe unter dem Radiator hinterlassen hatten.

Mrs. Captain Hagertys prachtvoll autoritäre Stimme sprach ins Telefon:

»Ist das der Manager? Hier ist Mrs. Captain Hagerty. Ja, es ist eine Wolldecke, erdbeerfarben, sie ist entsetzlich eingegangen. Sie würden es kaum glauben, ich meine, sie paßt jetzt kaum noch auf ein Einzelbett ...« Dann lauschte sie ein oder zwei Sekunden, lächelte in die Sprechmuschel und sagte mit veränderter Stimme: »Oh, wie liebenswürdig, wie furchtbar liebenswürdig von Ihnen! Dann lassen Sie sie also abholen? ... Besten Dank!«

Mrs. Captain Hagerty hatte ihren Kopf durchgesetzt. Ein Lieferwagen war schon unterwegs, um die unselige Wolldecke abzuholen, die sie aus Versehen im Waschkessel mitgekocht hatte. Sie war sogar bereit, sich ein paar Sekunden lang Mrs. Farleys Kümmernisse anzuhören, obwohl sie irgendwelche schmutzigen Geschichten wegen des Freundes nicht dulden würde.

»Es ist ein schönes Geschäft«, erzählte Mrs. Farley. »Es liegt an der Buslinie 93, direkt an der Ecke. Gestern hab ich das billige Angebot gesehen, vom Bus herunter ...«

Mrs. Captain Hagerty fand, daß sie ebensogut eine Tasse Kaffee trinken könnten. Wenn sie sich eine Geschichte anhören mußte, konnte sie sich's ebensogut gemütlich machen. Mrs. Farley würde die versäumte Zeit wieder einholen.

»Grün paßt zu allem«, erklärte Mrs. Captain Hagerty und tat Süßstoff in ihren Kaffee. Etwas mußte man ja zu solchen Leuten sagen.

»Und herrliche Vasen«, fuhr Mrs. Farley fort. »Herrliche Kristallvasen. Sie funkelten.«

Mrs. Farley geriet richtig in Begeisterung. Seit Wochen hatte sie nicht mehr von ihrer Gebärmutter gesprochen.

»Und eine furchtbar drollige Karte stand vor den Vasen auf dem Ladentisch«, erzählte Mrs. Farley, und dann wurde sie rot, während sie wie ein Kind deklamierte:

>»Schön zu halten
>und schön zu betrachten,
>zerbrichst du mich aber,
>dann mußt du berappen.«

»Klar!« sagte Mrs. Captain Hagerty. Sie erhob sich, um weiterzutelefonieren. Mrs. Farley mußte den Rest ihres Kaffees in aller Eile hinunterkippen.

Am Abend, in dem kleinen Vorderzimmer, sah Mrs. Farley in das Gesicht ihres Mannes, das vom matten blauen Licht des Fernsehschirms angestrahlt wurde, und sie beschloß, ihn zu fragen, sowie er aufwachte. Sogar bei trübem Licht war ihr Mann häßlich: dick, mit runden, mopsartigen Backen und einem Hängebauch. Einerlei, ob er wach war oder schlief, stets bemühte er sich, den Bauch zu verstecken, indem er die Hände drüberfaltete, womit er, soweit es sie betraf, erst recht die Aufmerksamkeit darauf lenkte. Ja, sie würde ihn fragen. Sie hatte den ganzen Abend alles mögliche getan, was ihm Freude machte. Er hatte Nieren-Pastete bekommen, ein Glas Direktors-Bitterbier von der Kneipe und das richtige Fernsehprogramm. Er duldete nur das Programm mit den Anzeigen und behauptete immer, die andern wären sozialistisch. Es schien albern, denn er verschlief's ja sowieso, aber er war ein dickköpfiger Mann und mußte seinen Willen haben.

»Dan«, sagte sie, als sie sah, daß er sich rührte, »weißt du, was ich eben gedacht habe? Erinnerst du dich an den Winter mit der großen Kälte, wie du da einen Klumpen Kohle auf der Straße gefunden hattest und ihn nach Haus brachtest, und dann stellte sich's heraus, daß es Eis war, von lauter Ruß schwarz gewordenes Eis?«

»Ich weiß«, sagte er. Es war die einzige Erinnerung, auf die sie jemals zurückkamen. Das Eis war auf dem Kaminrost geschmolzen und hatte das Kleinholz durchnäßt, das Mrs. Farley dort hingelegt hatte. Schließlich mußten sie in eine Kneipe gehen, um sich aufzuwärmen. Es war im Jahre 1947 gewesen, als sie ihre erste Fehlgeburt hatte. Damals gingen sie häufig in die Kneipen und bestellten Bier und Brote mit Pökelfleisch.

»Ja, da mußte ich grade dran denken«, sagte sie, »als ich dich so schlafend dasitzen sah.

Komisch, wie einem manchmal was ohne jeden Grund einfällt.«

»Ich weiß«, sagte er. »Es war in der Hartfield Road, gleich hinter der Bahnbrücke. Ich kam die Straße entlang, und es war sehr kalt...«

Unbeteiligt hörte sie, wie sich seine Stimme in die Geschichte verlor, und sie stellte den Fernsehapparat leiser.

»Dan!« sagte sie, als er fertig war. »Ich hab heute was Leichtsinniges gemacht. Ich mußte einfach!«

»Was Leichtsinniges?« Er war jetzt hellwach; seine Zunge beleckte die Mundwinkel.

»Ich hab ein Pfund angezahlt auf 'ne dreiteilige Polstergarnitur!«

»Wir brauchen keine Möbel mehr«, erwiderte er. »Ich muß ja noch immer für die verdammten Betten bezahlen!«

Vor einem Jahr hatte Mrs. Farley ihn angefleht, zwei Einzelbetten zu kaufen. Sie fühle sich nicht wohl, hatte sie gesagt, und in einem Einzelbett wäre es angenehmer. Sie brauche ihre Ruhe. Es hatte ihn tagelang gefuchst.

»Eine dreiteilige Polstergarnitur für bloß vier Pfund«, sagte sie. »Sie ist ganz wunderschön – olivgrün!«

»Die muß wurmstichig sein! Für vier Pfund kannst du nichts Ordentliches bekommen.«

»Ich hab den Preis runtergehandelt«, erwiderte sie. »Er wollte neun, aber ich hab's runtergehandelt. Bestimmt ist er auf meine Augen reingefallen!« Der Trottel von einem Verkäufer hatte sie überhaupt nicht angesehen.

»Ich bezahl's nicht«, sagte er. »Das ist mein letztes Wort!«

»Weißt du noch«, fuhr sie fort, »daß du mal gesagt hast, du würdest mir vielleicht zum Geburtstag einen Schirm schenken? Wenn du mir wirklich was schenken willst, möcht ich lieber das Geld.«

Wenn er ihr drei Pfund gab und wenn sie eine Stunde länger für Mrs. Captain Hagerty arbeitete und sich selber ein bißchen vom Essen abknapste, hätte sie den Restbetrag von acht Pfund bis zum zehnten Mai beisammen, bis zum Tag, an dem Mr. Farley den Ausflug nach Birmingham unternahm. Sie hatte ihren Freund zu sich ins Haus eingeladen. Sie konnten sich nirgends treffen, ausgenommen auf der Straße, und da konnten sie nicht viel machen, außer die Handschuhe auszuziehen und Hand in Hand die Straße entlangwandern, hin und zurück. Ein- oder zweimal waren sie mit dem Bus gefahren und hatten ein paar Meilen weiter weg, in Chelsea, eine Tasse Kaffee getrunken – aber es schien so unnatürlich.

Sie trafen sich samstags, und der Zufall

wollte es, daß Mr. Farleys Ausflug auch für einen Samstag geplant war. Ihr Freund hatte ihr versprochen, den ganzen Nachmittag mit ihr zu verbringen, und dieses eine Mal würde er seiner Frau Widerstand leisten und sagen, er ginge zu einem Fußballmatch. Wenn sie bis dahin die Polstergarnitur hatte, konnten sie beide nebeneinander auf der Couch sitzen.

»Ich habe nichts versprochen, nichts zum Geburtstag und auch sonst nichts«, entgegnete Mr. Farley. Der alte Brummbär, der!

»Ach, dann laß es!« sagte sie und stellte den Fernsehapparat lauter an. »Wenn's dir nichts bedeutet, siebzehn Jahre verheiratet zu sein, dann kann ich's nicht ändern. Ich finde bloß, daß da irgendwas nicht stimmt ...« In ihren alten Schlafzimmerpantoffeln stapfte sie murrend in die Küche.

»So warte doch ...«, rief er, aber sie ging in die Küche und arbeitete sich ihren Ärger weg, indem sie das Schubfach mit den Bestekken aufräumte.

Als er in der Nacht sein eheliches Recht verlangte, lehnte Mrs. Farley mit großer Befriedigung ab.

»Du siehst gut aus«, meinte ihr Freund, als sie sich am nächsten Samstag trafen. Jedesmal sah sie jünger aus. Ihre Wangen waren so frisch wie Äpfel, und ihre Augen strahlten.

Über ihre Figur ließ sich natürlich nichts sagen, denn in den Wintersachen sah sie so unförmig aus wie alle Leute.

»Es kommt von meinem Haar«, sagte sie. Sie hatte sich selber Dauerwellen gemacht und ein bißchen Wasserstoffsuperoxyd ins Wasser geschüttet. Wenn Mr. Farley es wüßte, würde er sie umbringen – daher durfte sie auch nicht direkt unter der Lampe sitzen.

»Ja«, nickte sie. »Man hat mir gesagt, mein Haar wär so fein wie Babyhaar.«

Er berührte die krausen Haarspitzen mit den Fingern und fragte sie, wie es ihr in der Woche ergangen sei.

»Ich hab dich immer lieber.«

»Ich hab *dich* immer lieber«, sagte er.

»Wie geht's deiner Frau?« fragte sie.

Seine Frau ging zu einem Therapeuten von der ›Volksgesundheit‹, um nach siebzehn Jahren Eheleben zu erlernen, wie man sich als verheiratete Frau verhalten muß.

»Ist mir aber jetzt ganz egal«, sagte er und drückte Mrs. Farleys Finger. Ihre Hände waren rauh von all dem Waschen und Schrubbern, aber sie hatte sich Gummihandschuhe gekauft und war überhaupt achtsamer.

»Ist sie hübsch?« fragte Mrs. Farley.

»Nicht so hübsch wie du«, antwortete er. »Verglichen mit dir ist sie nichts.«

Seine Frau war Krankenschwester gewesen, und deshalb nahm Mrs. Farley an, daß sie auf sie herabsehen würde, weil sie bloß Putzfrau war. Ein Glück, daß sie sich nie sehen würden.

»Sie ist bissig«, sagte er. »Du weißt schon: immer muß sie einem eins reinwürgen.«

Mrs. Farley verstand es gut. Mr. Farley machte es ebenso.

»Erinnere mich nicht an sie«, sagte er. Sie waren im Backsteingewölbe unter der Bahnbrücke angelangt, und sie stellte sich mit dem Rücken an die Mauer, damit er sie küssen könne. Die dicken, zackigen Eiszapfen, die in einem Winkel der Wölbung hingen, tropften die Wand entlang, und die Wasserpfütze unten fror schon wieder zu. Sie hatte einen ihrer Pullis ausgezogen, um nicht zu unförmig für ihn zu sein.

»Ich hab mir überlegt, was wir an dem Tag essen wollen, an dem du kommst«, sagte sie und küßte ihn auf die kalte Nasenspitze. Der arme Mann litt an schlechter Zirkulation.

»Was denn?« fragte er.

»Schweinekotelett und Apfelmus«, antwortete sie. »Und hinterher Brotpudding!«

»Das wird ja herrlich!«

»Und du kannst dir den Garten ansehen«, fuhr sie fort. Sie hörte sich den Garten beschreiben, wie er dann aussehen würde, mit der Glyzinie am Zaun, Pfingstrosen in dem herzförmigen Beet, Maiglöckchen im hohen Gras unter dem Stachelbeerstrauch. Und dann, als er ihren Mantel aufmachte und seine Arme um sie legte, hörte sie, wie sie ihm das Vorderzimmer beschrieb, und die olivgrüne, dreiteilige Polstergarnitur spielte dabei die größte Rolle.

Er sagte, nichts gefiele ihm so gut wie eine Frau, die auf ihr Heim stolz sei. Seine Frau wollte nicht mal den Tee vom Päckchen in eine Keksdose umfüllen, die sie als Teebüchse benutzten. Mrs. Farley erwiderte, so eine Frau verdiene kein eigenes Heim.

»Schon wieder Zeit«, sagte er und küßte sie auf den Mund, dann aufs Kinn und auf den Hals, der im Lauf der Jahre faltig geworden war.

Sie begannen weiterzugehen; ihre Hand steckte in seiner Tasche. Manchmal berührten sich ihre Hüften. Sein Körper war sehr mager. Sein Hüftknochen ragte vor.

»Wir wollen's uns herrlich machen!« sagte sie. Sie wußte nicht ganz genau, was an dem Tag geschehen würde, an dem er sie besuchen wollte, aber es würde ein entscheidender Tag für ihr und sein Leben werden.

»Du brätst mir Schweinekoteletts«, sagte er. »Zwei für dich und eins für mich!«

»Und ein bißchen Geschmuse?« fragte er.

»Wer weiß«, sagte sie. Sie glühte am ganzen Körper, sogar ihre Zehen waren nicht länger gefühllos.

»Oh!« Sie streckte die Hand aus, um sich zu überzeugen: es hatte wieder zu schneien begonnen! Ihre Dauerwelle würde leiden.

»Einen Moment!« rief er und lief in ein Papiergeschäft. Er hatte ihr etwas für den Kopf geholt.

»Eine neue Zeitung«, sagte sie. »Die wir noch nicht mal gelesen haben!«

Er hielt sie beim Gehen über ihren Kopf und paßte sich ihren Schritten an.

»Wir sind Verschwender«, sagte sie. Sie blieben stehen und küßten sich: sie benutzten die Zeitung als Schild, um die Welt auszuschließen. So muß es sein, wenn man verliebt ist.

Drei Tage vor Mr. Farleys Ausflug feierte Mrs. Farley ihren sechsundvierzigsten Geburtstag. Es war ein Tag wie jeder andre: sie putzte in zwei Häusern und lief eilig heim, um das Essen aufzusetzen. Mr. Farley hatte am Morgen nichts von ihrem Geburtstag erwähnt, aber morgens war er immer unausstehlich. Sie kaufte einen Kuchen, damit die Mahlzeit einen festlichen Anstrich bekäme. Die Schonerdeckchen waren fertig, sie hatte noch fünf Pfund auf die Polstergarnitur bezahlt, und wenn er ihr statt des Regenschirms Geld schenkte, konnte sie bis Samstag den Rest bezahlen. Sie wollte sich die Möbel am gleichen Tag liefern lassen, und wenn er von seinem Ausflug nach Hause kam, wäre er zu müde, um sich zu beschweren. Nur auf eins mußte sie achtgeben: auf die Pfeife ihres Freundes. Mr. Farley hatte eine empfindliche Nase, da er selber nicht rauchte. Bis um fünf mußte sie ihren Freund wieder aus dem Haus haben und dann die Tür aufsperren und das Fenster öffnen.

»Bist du's, Dad?« Sie war oben, als sie ihn kommen hörte. Bei einem der drei Anlässe, als Mr. Farley beinah Vater geworden wäre, war das ›Dad‹ zum Kosenamen geworden.

»*Ich* bin's«, rief er. Sie kam in einem geblümten Sommerkleid nach unten; ihr Gesicht wies frische Sommersprossen auf, da sie ein wenig gegärtnert hatte, während das Essen kochte. Hinterher hatte sie sich oben alles ausgezogen und sich genau im Spiegel gemustert. Wenn die Nachbarn es gewußt hätten, würden sie ihr die Fürsorgerin auf den Hals geschickt haben.

»Das Essen ist fertig«, sagte sie zu Mr. Farley und holte seine Pantoffeln unter der Treppe hervor. Er zog sie an, ging dann zum gedeckten Tisch hinüber und legte drei Pfundnoten neben ihren Salatteller. »Wofür ist das denn?« fragte sie.

»Hab schließlich mehr als einen Wink bekommen«, sagte er.

»Hast du gar nicht«, erwiderte sie. »Und nicht mal 'ne Karte dabei!« Sie schmollte ein bißchen. Wenn sie zu erfreut aussah, konnte er ihr das Geld wieder wegnehmen. Freude war etwas, was er nicht ausstehen konnte.

»Zu was soll 'ne Karte nützen?« sagte er.

»Ich bin vielleicht sentimental«, antwortete sie, »aber ich bin eben eine Frau, mußt du bedenken.« Jetzt gehörte ihr die Polstergarnitur, und vor Begeisterung wußte sie sich kaum zu fassen.

Nach dem Essen ging er weg und besorgte eine Karte, auf der außen stand: »Für meine liebe Frau.«

»Ich hab wahrscheinlich noch was von einem Schulmädchen an mir«, sagte sie und stellte die Karte auf den Kaminsims. Sie tat ihr möglichstes, um ihn bei guter Laune zu erhalten. Sie überlegten, welches Hemd er für den Ausflug anziehen sollte, und sie sagte, sie würde ihm Brote machen, falls er unterwegs hungrig wurde. Das Mittagessen war natürlich in Birmingham.

»Und verliebe dich nicht in ein junges Ding im Badeanzug«, sagte sie.

»Traust du mir so was zu?« fragte er.

»Ach, wer weiß! Ein hübscher Mann, frei und ungebunden...«

Das behagte ihm. Er bot ihr etwas von seinem Bier an. In der Nacht konnte sie ihm diesmal sein eheliches Recht nicht verweigern, aber sie stellte sich vor, daß es der Körper ihres Freundes war, der sie umfing.

Am nächsten Tag, während Mrs. Captain Hagerty Besorgungen machte, nahm Mrs. Farley die Gelegenheit wahr und rief das Möbelgeschäft an. Sie machte ab, daß sie am Samstag vorbeikäme, um den Restbetrag auf ihre Polstergarnitur zu bezahlen, und fragte, ob man sie am gleichen Vormittag zustellen könne. Der Mann – sie erkannte ihn als den, der jede Woche ihr Geld in Empfang nahm – antwortete: »Ja, natürlich.«

In der Nacht vom Freitag auf den Samstag schlief sie schlecht. Erstens mußte Mr. Farley früh aufstehen, um an der Victoria Station den Car zu erreichen. Zweitens schwebte sie wegen des Besuchs von ihrem Freund in tausend Ängsten. Ob ihm das Wohnzimmer gefallen würde? Ob die Schweinekoteletts nicht ein bißchen zu fett waren? Was sollte sie anziehen? Sie würde ihm als erstes einen Sherry anbieten, wenn er kam – das machte Stimmung. Sie dachte an das Läuten der Türglocke, an einen Kuß auf dem Flur, und dann würden sie ins Zimmer gehen, wo ihm die Polstergarnitur sofort ins Auge fallen mußte. Und während sie an all das dachte, schlief sie ein.

»Nein, nein, nein!« Sie erwachte aus einem schlechten Traum, und die Tränen rannen ihr übers Gesicht. Sie hatte geträumt, sie habe ihn an der Bus-Haltestelle getroffen, und sein Gesicht habe so unglücklich wie noch nie ausgesehen. Er könne nicht kommen, hatte er gesagt. Seine Frau hatte es entdeckt und gedroht, sich das Leben zu nehmen. Er hatte ihr versprechen müssen, Mrs. Farley nie wiederzusehen. Im Traum hatte Mrs. Farley gesagt, sie würde zu seiner Frau gehen und sie bitten, barmherzig zu sein. Sie rannte zu seinem Haus, obwohl er ihr nachrief, es nicht zu tun.

Seine Frau hatte seltsamerweise ein langes, grobes Gesicht – wie eine von den Frauen, für die Mrs. Farley arbeitete.

»Wenn Sie erlauben, daß ich Ihren Mann jeden Samstag eine Stunde sehe, putze ich Ihnen Ihr Haus vom Keller bis zum Dachboden«, hatte Mrs. Farley gesagt. Die Frau mit dem groben Gesicht, die in einem Sessel saß, nickte und war einverstanden, und irgendwoher tauchte ein Eimer mit einer Schrubberbürste auf. Mrs. Farley kniete sich in dem kleinen Zimmer hin und fing an, das Linoleum zu schrubben, das eine Art Muster aufwies. Sie schrubbte mit aller Kraft, weil sie wußte, daß es ihr den Freund zurückbringen würde. Als sie gerade die letzte Ecke schrubbte, wich die eine Wand zurück, und das Zimmer wurde größer, und je mehr sie schrubbte, desto größer wurde das Zimmer, bis sie schließlich eine grenzenlose Bodenfläche schrubbte, und Wände waren nicht zu sehen. Sie drehte sich um und wollte protestieren, doch die Frau mit dem groben Gesicht war verschwunden, und was sie hörte, war nur das Echo ihrer eigenen Stimme, die schimpfte und schluchzte und bettelte, hinausgelassen zu werden. Wie sie wußte, stand ihr Freund an der Bus-Haltestelle und wartete, daß sie zurückkäme, und größer als der Schmerz, ihn zu verlieren, war die Ungerechtigkeit. Er würde glauben, sie habe ihn verraten. Und deshalb schrie sie in ihrem Traum »Nein, nein, nein!« und erwachte und merkte, daß sie im Schweiß lag. Sie stand auf und nahm ein Aspirin. Immerhin war es eine Erleichterung zu wissen, daß es ein Traum war. Ihre Beine zitterten, als sie am Fenster stand und in den Garten schaute, der in der anbrechenden Morgendämmerung grau dalag. Manchmal drehte sie sich um und warf einen Blick auf Mr. Farley, um zu sehen, ob er wach wäre. Das Leintuch über seinem Bauch hob und senkte sich – die Wolldecke hatte er weggestoßen. Er schnarchte leise. Morgen würde er weggehen, weit weg, bis ans Meer, auf einen Ausflug mit dreißig andern Männern. Dreißig andere Frauen würden jede ihren Tag für sich allein haben. Und wieder kam ihr der Gedanke, ja die Überzeugung, daß er in genau vier Jahren sterben würde – wenn er sechsundsechzig war. Ein Mann in der Wohnung unten war mit sechsundsechzig gestorben, und weil er auch dick und brummig gewesen war und einen Bauch hatte, glaubte Mrs. Farley, ihren Mann erwarte ein ähnliches Schicksal. Sie wäre dann fünfzig, nicht mehr jung, aber auch nicht zu alt. Die Witwe unten war in den letzten paar Monaten aufgeblüht und hatte angefangen, frische Farben zu tragen und zu singen, wenn sie ihre Küche aufräumte. Schuldbewußt schlüpfte Mrs. Farley wieder ins Bett und betete um Schlaf. Ohne geschlafen zu haben, würde ihr Gesicht spitz wirken, und morgen mußte sie unbedingt hübsch aussehen. Sie zitterte. Der Traum hatte sie wirklich zermürbt.

Bis zum Morgen hatte sie sich wieder gefaßt. Sie bereitete ein gutes Frühstück für Mr. Farley und stellte sich an die Gartenpforte, während er auf der Hauptstraße allmählich außer Sicht geriet. Dann stürzte sie ins Haus, wusch ab, wischte Staub und machte eine Besorgungsliste. Gegen zehn Uhr war sie im Möbelgeschäft. Der Verkäufer lächelte, als sie mit dem Geld ankam.

Als sie bezahlt hatte, murmelte er etwas, daß er nicht ganz sicher sei, ob sie an einem Samstag liefern könnten.

»Aber Sie haben es mir versprochen! Sie haben es versprochen!« rief sie. »Sie müssen unbedingt liefern! Wo ist der Manager?«

Der Verkäufer ließ sich rasch einschüchtern und floh, um den Manager zu suchen. Sie ging hin und her, hieb die geballten Fäuste aufeinander und ging schließlich, um sich abzulenken, zu den Kristallvasen hinüber. Im Spiegel auf dem Auslagetisch sah sie ihr dunkelrotes Gesicht. Schlechte Laune wirkte sich stets verheerend auf ihre Zirkulation aus. Sie hielt die Vase in der Hand und befühlte mit dem Daumen die scharfen Schnittflächen. Sie hatte den Blick auf die Tür geheftet, durch die er verschwunden war – wenn er sich nur beeilen wollte! Die Vase, die sie in der Hand hielt, kostete neun Pfund, und zitternd stellte sie sie wieder hin. »Schön zu halten und schön zu betrachten, zerbrichst du mich aber, dann mußt du berappen.« So ein Mißgeschick konnte ihre Pläne auf Wochen hinaus zunichte machen: stell sich einer vor, daß die Vase ebensoviel kostete wie die dreiteilige Polstergarnitur, und stell sich einer vor, daß es Leute gab, die so ein Ding kaufen konnten und das Risiko in Kauf nahmen, daß es kaputtging!

»Madam, es tut mir sehr leid, aber leider ist es unmöglich!« Was für ein hinterhältiger, unliebenswürdiger Mensch er war.

»Das geht doch nicht?« rief sie. »Sie können mich doch nicht so im Stich lassen!«

»Es liegt nicht an mir, Madam, ich wäre sehr gern bereit. Der Manager hat gerade mit den Leuten telefoniert, und sie sagen, sie können es einfach nicht.«

»Wo ist er?« fragte Mrs. Farley und wandte sich unwillkürlich zur offenen Bürotür. Sie mußte die Polstergarnitur haben, und wenn sie sie selber auf dem Rücken tragen sollte.

Der Manager kam ihr schon im Geschäftsraum entgegen. Er trug eine dicke blaue Brille, und sie konnte seine Einstellung nicht erraten, aber seine Worte klangen sehr teilnahmsvoll.

»Ist es sehr dringend, Madam?«

»'s ist mir lebenswichtig«, erwiderte sie und begriff selbst nicht, weshalb sie etwas so Unüberlegtes sagte. Sie hörte sich dann weitersprechen und ihm eine umständliche Lügengeschichte aufbinden: daß ihr Sohn heute sein Doktor-Examen bestanden habe und daß seine Freunde zum Tee kämen und daß sie Sitzmöbel haben müsse, auf denen sie Platz nehmen könnten. Er sei selber Vater, entgegnete der Manager, und verstünde, wie ihr zumute sei, und er müsse wohl etwas für sie tun. Ein anderer Kunde starrte Mrs. Farley an, als habe sie ein schreckliches Verbrechen eingestanden, doch als sie ihn musterte, zog er sich verlegen zurück, vielleicht befürchtete er, man könne ihn in einen Streit verwickeln oder ihn um eine Geldspende bitten.

»Wir können Ihren Sohn nicht enttäuschen, nicht an seinem Ehrentag, nicht wahr?« sagte der Manager. Mrs. Farley fand, daß es das Traurigste sei, was man ihr je gesagt habe. Wenn Mr. Farley zugehört hätte – oder ihr Freund –, sie wäre in den Erdboden gesunken.

Das Ergebnis war, daß der Manager einen andern Lieferwagen von einem Speditionsgeschäft bekam, das bereit war, die Möbel abzuliefern. Es bedeutete einen Zuschlag von einem Pfund. Mrs. Farley protestierte. Der Manager sagte, sie könne entweder bis Montag warten, dann würde es ihr gratis im Lieferwagen seines Geschäfts zugestellt, oder sie müsse sich mit den Umzugsleuten einigen. Natürlich gab sie nach.

Die Umzugsleute erschienen mit einem riesigen Möbelwagen, und sie sorgte sich, daß irgendein Nachbar es vor Mr. Farley erwähnen und ihn fragen könne, ob er umziehe oder dergleichen. Deshalb bat sie sie, als sie stoppten, ob sie nicht mit dem Möbelwagen ein bißchen weiter straßauf fahren könnten, wo sie keine Einfahrt blockierten. Sie gingen sehr freundlich darauf ein.

Die Männer stellten die Polstergarnitur dorthin, wo sie es ihnen sagte, und dann bot sie ihnen etwas lahm eine Tasse Tee an. Das versäumte sie wieder um zwanzig Minuten. Als sie weg waren, ging sie ins Vorderzimmer, um sich erneut zu bestätigen, was sie bereits wußte. Die Polstergarnitur war eine Pleite, sie konnte das Zimmer nicht verschönen. Sie war düster und mausbraun. Wenn Mr. Farley ihren Kauf für einen Fehler hielt, würde er rechthaben. Durchgescheuerte Fäden, alte Flecke, Überbleibsel aus dem Leben von jemand anders. Was hatte sie nur damals gedacht, als sie die Sachen kaufte? Sie hatte an ihn gedacht, an ihren Freund, den Mann, den sie in ein paar Stunden sehen würde. Sie holte sich eine Kleiderbürste und begann die Couch sorgfältig zu bürsten; sie hoffte, daß sie danach wie Plüsch aussehen würde. Als sie in einer Ecke auf einen Ludo-Knopf stieß, dachte sie im ersten Moment, es sei ein Shilling. Nachdem sie die Couch sorgfältig mit der Kleiderbürste bearbeitet hatte, holte sie den Staubsauger hervor und reinigte das Möbelstück gründlich und von allen Seiten.

Für den Fall, daß irgend etwas nicht klappte,

hatten Mrs. Farley und ihr Freund vorher verabredet, sich vor dem Restaurant zu treffen. Als er sie auf sich zukommen sah, wußte er, daß etwas schiefgegangen war. Sie hielt den Kopf gesenkt und trug ihre niedrigen Stoffschuhe.

»Hallo!« Er trat vor und begrüßte sie.

»Er ist nicht gegangen«, sagte sie. »In der letzten Minute ist er mißtrauisch geworden.«

Zwei Stunden lang hatte Mrs. Farley hin und her überlegt, was sie ihrem Freund sagen solle. Eins war sicher: sie wagte es nicht, ihn ins Wohnzimmer zu führen, weil er sie dann über ihrer Prahlerei ertappt hätte. Wenn sie das Zimmer beschrieb, hatte sie stets die Polstergarnitur beschrieben. Was er jetzt zu sehen bekäme, wäre ein mausbraunes Möbelstück in einem düstern Zimmer, in dem der braune Anstrich überwog. Mr. Farley strich seine Zimmer selber und bestand auf Braun, weil es nicht so oft erneuert werden mußte. Nein, er durfte es nicht sehen. Er würde sagen, sie sei nicht besser als seine Frau, und das mußte sie vermeiden.

»Ärgere dich nicht!« sagte er. »Laß uns einen Drink nehmen!«

»Du hast dich so feingemacht«, sagte sie. Er trug einen dunklen Anzug, ein weißes Hemd und eine hübsche gestreifte Krawatte. Er sah wohlhabend aus. Er sah wie ein Mann aus, der eine Geldtasche voller Fünfer und ein Heim mit bequemen Sesseln und ein Klavier hatte.

»Es tut mir so leid«, sagte sie angesichts seiner enttäuschten Miene.

»Wir machen uns trotzdem einen schönen Tag«, erwiderte er. Er sorgte sich, ob das Pfund, das er eingesteckt hatte, wohl reichen würde. Er hatte damit gerechnet, weiter kein Geld auszugeben als für den Drink im Restaurant, wo sie sich trafen, und für eine kleine Flasche Likör als Mitbringsel.

»Was möchtest du?« Er führte sie in die Bar und ließ sie auf einer hohen Polsterbank Platz nehmen, die an der Wand entlanglief.

»Irgendwas«, sagte sie. Er brachte ihr einen Sherry.

»Cheers«, sagte er und schob ihren Mundwinkel mit dem Finger nach oben, bis sie zu lächeln schien.

»Ich hab letzte Nacht von dir geträumt«, erzählte sie.

»War's ein schöner Traum?« Er lächelte so freundlich.

»Ja, sehr schön.« Sie konnte ihn nicht noch mehr enttäuschen.

Mrs. Farley bestand darauf, für den Lunch zu bezahlen. Sie aßen im Speisesaal, der an die Bar anstieß, und unterhielten sich flüsternd. Es war ein schöner Raum mit Relieftapeten und

Leuchtern auf jedem Tisch. Überall, wohin sie auch blickte, sah sie gepolsterte Wandbänke und leichte, bequeme Stühle. Er fragte sich, ob sie wohl abends Kerzen in die Leuchter steckten, und sie meinte, wahrscheinlich nicht, denn es war keine Spur von einem Talgrest zu sehen. Alle paar Minuten faßten sie sich unter dem Tisch bei der Hand und blickten sich dabei in die Augen, mit übervollem Herzen, stumm.

Der Lunch kostete über ein Pfund. Es war der Betrag, den sie ohnehin reserviert hatte, um die Schweinekoteletts und den Sherry und so weiter zu kaufen. Während sie im Waschraum war, überlegte er, was er ihr vorschlagen solle, das Kino oder eine Bus-Fahrt durch London oder einen kurzen Bootsausflug auf der Themse. Mit dem Geld, das er bei sich hatte, mußte es eins von diesen dreien sein.

Sie entschlossen sich fürs Kino. Beide dachten, daß sie sich im Kino hinkuscheln und wenigstens eine Kostprobe von den Freuden haben konnten, die sie in Mrs. Farleys Vorderzimmer erwartet hätten.

Der Film war ein englisches Lustspiel, das von Gaunern handelte, und obwohl die Handvoll Besucher im Kino lachen mußte, fanden weder Mrs. Farley noch ihr Freund es lustig. Der Film stand in keinerlei Beziehung zu ihrem eigenen Leben, er hatte nichts mit ihrer mißlichen Lage zu tun. Als sie hinausgingen, sagte sie, es sei schade, daß sie so lange geblieben wären, denn es war ein strahlender Tag.

»Sehe ich schlimm aus?« fragte sie. Ihr Mund war vom Küssen geschwollen.

»Du siehst wunderhübsch aus.«

»Was tun wir jetzt?«

»Laß uns am Fluß entlanggehen, und dann trinken wir Tee«, schlug er vor. Er kannte dort ein billiges Café.

»Bist du abergläubisch?« fragte sie.

»Nicht sehr«, erwiderte er. Sie erzählte ihm, sie habe am Morgen etwas zerbrochen, und jetzt fürchte sie, daß sie noch zwei Sachen zerbrechen würde. In ihrem Finger steckte ein Splitter von einem Küchenbecher.

»Das schwarze da gefällt mir!« sagte er. Er hatte die Boote bewundert, die am Flußufer vertäut lagen. Viel lieber als einen Wagen wünschte er sich ein Boot, erzählte er ihr.

Sie segelten beide fort, unter Brückenbogen und Schleusen hindurch, hinaus aufs ewig blaue Meer.

»Ist es wahr, daß die blaue Lagune gar nicht blau ist?« fragte sie.

»Wir wollen hinfahren und nachschauen, wenn ich mein Boot habe«, sagte er.

Auf dem Boot würde sie eine Hose und einen Regenmantel tragen, aber wenn sie in

Monte Carlo und andern Orten an Land gingen, würde sie geblümte Kleider anziehen.

»Du hast mich nicht gefragt, was ich zerbrochen habe«, sagte sie.

»Oh, was war es denn?«

»Ein Becher.«

»Ein Becher?«

Vielleicht hielt er es für töricht, aber es beunruhigte sie.

»Ich kann dir was empfehlen«, sagte er. »Such dir ein paar alte mit Sprung hervor und mach die auch noch kaputt, dann brauchst du dich nicht mehr zu sorgen.«

Die Becher erinnerten sie beide an ihr Zuhause und an ihre Pflichten. Bald würde er gehen müssen.

Als es halb sechs war, hatten sie einen Spaziergang von einer Stunde hinter sich. Sie hatten geschwatzt, aber gesagt hatten sie sich nichts. Er entschuldigte sich für den schlechten Film, und sie entschuldigte sich, weil sie ihn nicht ins Haus einladen konnte.

»Wir hatten's aber trotzdem fein zusammen«, sagte sie.

»Nein«, widersprach er. »Ich hätte mir was Besonderes ausdenken sollen.«

»Was tun denn andere Leute?« fragte sie.

»Oh, sie gehen ans Meer oder ins Hotel oder sonstwohin«, antwortete er. Jetzt tat es ihr leid, daß sie nicht den Mut gehabt hatte, es ihm zu gestehen. Er hätte es verstanden; es hätte sie vielleicht noch nähergebracht. Sie betrachtete ihn voller Bedauern und voller Liebe, sie betrachtete ihn genau, um sich sein Bild deutlicher einzuprägen. Es konnte ewig dauern, ehe sie ihn wieder so fein ausstaffiert sah.

Sie küßten sich und trafen eine Abmachung für den nächsten Samstag, an der üblichen Stelle.

Als sie auseinandergingen, drehte sie sich nicht um, ihm noch mal zuzuwinken – er könnte ein strahlendes Gesicht erwarten. Übrigens war er selbst in Anspruch genommen: er mußte seine Krawatte abbinden und ordentlich zusammenrollen. Seine Frau hatte ihn nicht mit Krawatte weggehen sehen.

Sie ging weiter, in Gedanken versunken. Sie hatte sich um eine gute Gelegenheit gebracht. Ihr Mann würde ewig leben. Ihr und ihrem Freund war es vom Schicksal bestimmt, die Straßen auf und ab zu wandern, zur Bahnbrücke hinunter, und zu guter Letzt würden sie müde sein vom Laufen und heimgehen, jeder in ein Haus, das kein Zuhause war.

Der Kaminvorleger

Ich ging auf dem nagelneuen Linoleum in die Knie, um den seltsamen Geruch einzuatmen. Er war stark und ölig. Er erinnerte mich sofort an etwas aus meiner Kindheit und blieb nun damit verbunden. Seither habe ich gehört, daß es der Geruch von Leinsamenöl ist, doch wenn er mir so unerwartet begegnet, kann er mich ein wenig beunruhigen und traurig stimmen.

Ich wuchs im Westen Irlands auf, in einem grauen Steinhaus, das mein Vater von seinem Vater geerbt hatte. Mein Vater stammt aus dem Tiefland, von wohlhabenden Farmersleuten, und meine Mutter kam von windgepeitschten, mageren Hügeln über einem großen See. Als Kinder spielten wir in einem kleinen Rhododendronwald, der rund ums Haus und die Zufahrt entlang wuchs: ein dichtes Gewirr, von den Kühen zerschunden und zerbrochen. Die Allee, die vom unteren Tor heraufführte, hatte so große Schlaglöcher, daß die Wagen aufs Weideland und wieder zurückschaukeln mußten.

Weil draußen alles verwahrlost und von Greiskraut und Disteln überwuchert war, staunten fremde Gäste um so mehr, wenn sie ins Haus traten: mein Vater mochte sein Leben vertrödeln und mit ansehen, wie die Ziegel von den Stalldächern fielen – drinnen aber sah man, daß das feste, gedrungene Tieflandhaus meiner Mutter Stolz und Freude war. Stets war es makellos sauber. Es war mit Sachen vollgestopft, mit Möbeln, Porzellanhunden, Toby-Krügen, hohen Humpen und Tabletts und Krimskrams. Jedes der vier Schlafzimmer hatte Heiligenbilder an den Wänden und einen goldenen Kaminaufsatz, der jeden Kamin krönte. Auf dem Rost lagen Papierfächer oder Deckel von Pralinéschachteln. Jeder Kaminsims trug seine dichtgedrängte Dekoration von Wachsblumen, Heiligenfiguren, zerbrochenen Weckeruhren, Muscheln, Fotografien und weichen, runden Nadelkissen.

Mein Vater war großzügig, töricht und so faul, daß es sich nur als eine Art Krankheit erklären läßt. Im Jahr, in dem ich neun wurde und zum erstenmal den wunderbaren Geruch wahrnahm, verkaufte er wieder ein Stück Weideland, um eine Schuld begleichen zu können, und zum erstenmal seit vielen Jahren bekam meine Mutter einen Batzen Geld in die Hand.

Eines Morgens brach sie früh auf und erreichte den Bus, der in die Stadt fuhr, und einen ganzen Sommermorgen und -nachmittag trabte sie umher und besah sich Linoleum. Als sie am Abend nach Hause kam – mit schmerzenden Füßen, wegen der hohen Absätze –, erzählte sie uns, sie habe schönes hellbraunes Linoleum mit rötlichgelben Vierecken gekauft.

Dann kam der Tag, an dem die vier Rollen am Tor abgeliefert wurden, und Hickey, unser Knecht, holte Pferd und Ackerwagen, um es hinaufzubringen. Wir gingen alle hinunter; wir waren so aufgeregt. Die Kälber folgten dem Ackerwagen, weil sie glaubten, sie sollten vielleicht unten an der Landstraße gefüttert werden. Von Zeit zu Zeit galoppierten sie von dannen, kamen aber immer wieder zurück, und jedes Kalb schubste das andere aus dem Weg. Es war ein warmer, stiller Tag, der Lärm von Autos und Nachbarhunden drang sehr deutlich herüber, und die Kuhfladen auf der Zufahrt waren braun und trocken wie Schnitttabak.

Um die Rollen auf den Wagen zu laden, übernahm meine Mutter den Hauptanteil am Hochwuchten und Schieben. Sie hatte es schon früh im Leben bejaht, daß sie geboren wurde, um zu arbeiten.

Vielleicht hatte sie Hickey mit dem Versprechen bestochen, ihm Hühner zum eigenen Verkauf zu überlassen, denn am Abend blieb er und half den Fußboden auslegen. Sonst ging er meistens ins Dorf hinunter und trank ein oder zwei Glas Stout. Mama, die natürlich alle alten Zeitungen aufhob, erklärte uns, je mehr Zeitungen wir unter das Linoleum legten, desto länger würde es halten. Als sie so auf den Händen und auf den Knien lag, blickte sie einmal auf – erhitzt und begeistert und müde, wie sie war – und sagte: »Ihr könnt's mir glauben, hier werdet ihr noch einen Teppich erleben!«

Ehe die schwierigen Stücke um die Türrahmen, das Erkerfenster und den Kamin zugeschnitten wurden, gab es allerhand Berechnungen und Hin und Her. Hickey sagte, ohne ihn hätte meine Mutter die ganze Sache verpfuscht. Bei dem ständigen Geplätscher von Rede und Gegenrede merkten sie gar nicht, daß meine Schlafenszeit überschritten war. Mein Vater saß, während wir arbeiteten, den ganzen Abend draußen in der Küche am Herd. Später kam er ins Zimmer und sagte, was für ein großartiges Stück Arbeit wir geleistet hätten. Ein großartiges Stück Arbeit, sagte er. Er hatte Kopfschmerzen gehabt.

Der folgende Tag muß ein Samstag gewesen sein, denn ich saß den ganzen Morgen im Wohnzimmer und bewunderte das Linoleum, atmete den Geruch ein und zählte die rötlichgelben Vierecke. Eigentlich sollte ich Staub wischen. Dann und wann, je nachdem die Sonne weiterwanderte, verschob ich die Sonnenstoren. Wir mußten die Sonne daran hindern, die leuchtenden Farben zu bleichen.

Die Hunde bellten, und der Briefträger kam angefahren. Ich rannte hinaus und ihm entgegen: er trug ein riesiges Paket. Mama war hinten im Hof bei den Hühnern. Als der Briefträger wieder weg war, ging ich zu ihr und erzählte es ihr.

»Ein Paket?« sagte sie. Sie reinigte den Futtertrog der Hühner, ehe sie ihnen das Futter hineinschüttete. Die Hühner flatterten herum, fielen in die Eimer und hackten ihr auf die Hände. »'s wird bloß Bindekordel für die Preßpack-Maschine sein«, sagte sie. »Wer sollte uns wohl Pakete schicken?« Sie verlor nie so leicht den Kopf.

Ich entgegnete, das Paket trüge einen Dubliner Stempel – der Briefträger hatte es mir gesagt –, und es sei etwas Schwarzes, Wolliges drin. Das Papier war an der einen Ecke eingerissen, und furchtsam hatte ich meinen Finger hineingesteckt.

Während sie zum Haus hinunterging, wischte sie sich die Hände an einem langen Grasbüschel ab. »Vielleicht hat sich jemand in Amerika endlich an uns erinnert.« Einer ihrer wenigen Träume war der, daß ihre nach Amerika ausgewanderten Verwandten sich ihrer erinnerten. Die Stallungen waren ein ziemliches Ende vom Haus entfernt; das letzte Stück rannten wir. Doch selbst bei aller Aufregung zwang ihr sorgsamer Charakter sie dazu, jedes Stückchen Schnur vom Paket aufzuknoten und für zukünftige Verwendung zusammenzurollen. Sie war die freigebigste Frau von der Welt, doch sie war vorsorglich, wenn es darum ging, Bindfaden und Papier, Kerzenstümpfchen und Truthahnflügel und leere Pillenschachteln aufzubewahren.

»Mein Gott!« rief sie andächtig, als sie das letzte Stück Packpapier zurückgeschlagen hatte und als ein schwarzer Kaminvorleger aus Schaffell zum Vorschein kam. Wir breiteten ihn aus. Er war halbmondförmig und bedeckte den ganzen Küchentisch. Sie konnte nicht sprechen. Es war ein echtes Schaffell, dicht und weich und üppig. Sie prüfte das Futter, befaßte sich mit der Marke des Herstellers auf der Unterseite und durchsuchte alle Lagen des braunen Packpapiers nach einem Brief, doch war nichts dabei, das angegeben hätte, woher das Paket gekommen war.

»Hol mir meine Brille«, sagte sie. Wir lasen die Adresse noch einmal, auch den Poststempel. Das Paket war vor zwei Tagen aus Dublin abgeschickt worden. »Hol deinen Vater«, sagte sie. Er lag mit rheumatischen Beschwerden im Bett. Teppich hin oder her, er verlangte eine vierte Tasse Tee, ehe er an Aufstehen denken konnte.

Wir trugen den großen schwarzen Vorleger ins Wohnzimmer und breiteten ihn vor dem Kamin über das neue Linoleum.

»Ist er nicht herrlich? Und paßt so wunderbar zum Linoleum!« rief sie. Das Zimmer war auf einmal behaglich geworden. Sie trat zurück und betrachtete ihn erstaunt, sogar mit etwas Argwohn. Obwohl sie immer voller Hoffnung war, erwartete sie doch nie, daß sich etwas zum Guten wenden würde. Mit meinen neun Jahren wußte ich schon genug von Mutters Leben, um ein Dankgebet zu flüstern, weil sie endlich etwas bekommen hatte, das sie hatte haben wollen ... und ohne daß sie dafür hatte arbeiten müssen. Sie hatte ein rundes, fahles Gesicht und ein merkwürdig unsicheres, schüchternes Lächeln. Das Mißtrauen schwand bald, und das Lächeln kam hervor. Es war einer ihrer glücklichsten Tage; ich erinnere mich daran, wie ich mich auch an den Tag erinnere, der meines Wissens ihr unglücklichster Tag war: es war der, an dem ein Jahr später der Gerichtsvollzieher kam. Ich hoffte, sie würde sich sonntags zum Tee in das neu ausgestattete Zimmer setzen, ohne die Schürze, mit offenem braunem

Haar, und einfach still und schön aussehen. Draußen würden die Rhododendren, wenn auch unordentlich und zerknickt, so doch üppig rot und lila blühen, und drin würde der neue Teppich auf dem kräftig riechenden Linoleum liegen. Plötzlich drückte sie mich an sich, als sei ich diejenige, der sie für alles danken müßte; das Hühnerfutter an ihren Händen war eingetrocknet, und sie wiesen den mehligen Geruch auf, den ich so gut kannte.

Während der nächsten paar Tage zerbrach sich meine Mutter immer wieder den Kopf, einen Anhaltspunkt suchend, und auch wir mußten herhalten. Es konnte nur jemand sein, der wußte, was sie brauchte und sich wünschte – wie sonst konnte er genau das getroffen haben, das ihr fehlte? Sie schrieb Briefe, hierhin und dorthin und an entfernte Verwandte, an Freunde und an Leute, die sie seit Jahren nicht mehr gesehen hatte.

»Es muß einer von deinen ›Freunden‹ gewesen sein«, sagte sie zu meinem Vater.

»Ja, wahrscheinlich, wahrscheinlich! Als ich jung war, habe ich eine Menge nette Leute gekannt.«

Sie hatte es – ironisch natürlich – auf die vielen Fremden gemünzt, denen er immer Tee angeboten hatte. Nichts hatte er so gern, wie an einem Schönwettertag oder bei einem Rennen unten am Tor zu stehen, Vorübergehende in ein Gespräch zu verwickeln und schließlich jemand zu Tee und gekochten Eiern ins Haus einzuladen. Freundschaften zu schließen war seine große Begabung.

»Ja, so wird es sicher sein«, sagte mein Vater und schrieb sich das Verdienst am Teppich begeistert auf sein eigenes Konto.

An den warmen Abenden saßen wir vor dem Kamin – nie hatten wir während meiner Kindheit jemals ein Feuer im Wohnzimmer brennen – rund um den Teppich herum und hörten uns das Radio an. Und von Zeit zu Zeit fiel Mama oder Dada noch jemand ein, von dem der Teppich hätte kommen können. Ehe eine Woche um war, hatte sie an ein Dutzend Leute geschrieben: an einen Bekannten, der nach Dublin verzogen war und dem Dada einen jungen Greyhound geschenkt hatte, und besagter Greyhound hatte dann viele Preise gewonnen; an einen aus dem Priesteramt entlassenen jungen Priester, der eine Woche bei uns gewohnt und sich bei Mama genug Widerstandskraft geholt hatte, um nach Hause zu reisen und seiner Familie gegenübertreten zu können; an einen Zauberkünstler, der Dadas goldene Uhr gestohlen hatte und sich seither nicht wieder hatte blicken lassen, und an einen Farmer, der uns mal eine tuberkulöse Kuh verkauft hatte und sie nicht zurücknehmen wollte.

Wochen vergingen. Samstags wurde der Kaminvorleger aufgenommen und gründlich ausgeschüttelt, und das neue Linoleum wurde gebohnert. Als ich einmal von der Schule zu früh nach Hause kam und durchs Fenster schaute, sah ich Mama auf dem Teppich knien und beten. Ich hatte sie sonst noch nie so beten gesehen – am hellichten Tag. Mein Vater wollte am folgenden Tag in den nächsten Bezirk fahren, um ein Pferd zu besichtigen, das er billig zu bekommen hoffte; natürlich betete sie darum, daß er sein Versprechen hielte und keinen Alkohol anrührte. Wenn er es doch tat, konnte es in eine wilde Sauftour ausarten, und er wäre eine Woche lang nicht zu sehen.

Er fuhr am nächsten Tag; über Nacht sollte er bei Verwandten bleiben. Während er weg war, schlief ich bei Mama im großen Messingbett, um ihr Gesellschaft zu leisten. Ich erwachte und sah eine Kerze brennen: Mama zog sich in aller Eile ihre Strickjacke über. War Dada nach Hause gekommen? Nein, sagte sie, aber sie habe wachgelegen und nachgedacht, und es sei ihr etwas eingefallen, das müsse sie Hickey sagen, sonst würde sie die ganze Nacht kein Auge zumachen können. Es sei noch nicht zwölf, vielleicht sei er noch wach. Ich wollte nicht allein im Dunkeln bleiben, sagte ich ihr, aber sie eilte schon über den Flur. Ich stahl mich aus dem Bett und lief ihr nach. Auf der Leuchtuhr las ich Viertel vor zwölf ab. Vom ersten Treppenabsatz schaute ich übers Geländer und sah, wie sie an Hickeys Tür den Knopf herumdrehte. Wieso sollte er ihr jetzt die Tür aufmachen, dachte ich. Er ließ ja niemals jemanden rein, keinen Menschen, und hielt die Tür zugesperrt, wenn er nicht auf der Farm war. Wir waren einmal durchs Fenster hineingestiegen und hatten alles in einem derartigen Durcheinander vorgefunden – seinen guten Anzug längelang auf dem Fußboden, schmutziges grünes Wasser in einem Eimer mit einem eingeweichten Hemd, eine Milchkanne mit geronnener Buttermilch, eine Fahrradkette, ein zerbrochenes Bild vom Heiligen Herzen und mehrere Paar abgetragene, verschrumpelte, ausrangierte Stiefel –, daß Mama sich vorgenommen hatte, es nie wieder zu betreten.

»Was'n los, zum Teufel?« fragte Hickey. Dann hörte ich es bummern. Er mußte etwas umgestoßen haben, als er seine Taschenlampe suchte.

»Wenn es morgen schön ist, wollen wir Torf stechen«, sagte Mama.

Hickey fragte, ob sie ihn zu dieser nächtlichen Stunde geweckt habe, um ihm etwas zu sagen, was er bereits wußte: sie hätten es ja beim Abendbrot besprochen.

»Mach die Tür auf«, sagte sie. »Ich muß dir was Neues erzählen! Wegen des Teppichs!«

Er öffnete die Tür nur einen Spalt breit. »Wer hat'n geschickt?« fragte er.

»Die Gesellschaft von Ballinsloe!« antwortete sie.

›Die Gesellschaft‹ war ihre Bezeichnung für zwei Gäste, die vor Jahren zu uns gekommen waren: ein junges Mädchen und ein älterer Mann, der braune Stulphandschuhe trug. Fast unmittelbar nach ihrer Ankunft fuhr mein Vater mit ihnen in ihrem Auto weg. Als sie eine Stunde drauf wieder zu uns kamen, entnahm ich ihren Gesprächen, daß sie unsern Hausarzt aufgesucht hatten, einen Freund von Dada. Das junge Mädchen war die Schwester einer Nonne, die in der Klosterschule, die meine Schwestern besuchten, Vorsteherin war. Das Mädchen hatte geweint. Ich erriet – damals oder vielleicht erst später –, daß ihre Tränen etwas mit einem Baby zu tun hatten und daß Dada sie zum Doktor gebracht hatte, damit der ihr sagte, ob sie in andern Umständen sei und eine Ehe eingehen müsse. Daß sie zu einem Arzt in ihrer näheren Umgebung gegangen wäre, schien ausgeschlossen, und Dada war bestimmt froh, der Nonne einen Gefallen zu erweisen, denn er konnte nicht immer das Schulgeld für meine Schwestern aufbringen. Mama bot ihnen den Tee auf einem Tablett an, nicht am Tisch mit der handgestickten Decke und den hauchdünnen Porzellantassen. Als sie gingen, gab sie ihnen kühl die Hand. Sie konnte sündige Menschen nicht ausstehen.

»Nett, daß sie dran gedacht haben«, sagte Hickey, sog die Luft zwischen den Zähnen ein und tschilpte wie ein Vogel. »Wie haben Sie's rausgefunden?«

»Hab's geraten«, antwortete Mama.

»Großer Gott noch mal!« rief Hickey, schlug die Tür mit einem greulichen Knall zu und warf sich so wütend ins Bett, daß ich hören konnte, wie die Sprungfedern rebellierten.

Mama trug mich die Treppe hinauf, weil ich kalte Füße hatte, und sagte, Hickey hätte nicht für'n roten Heller Manieren.

Als Dada am nächsten Tag nüchtern nach Hause kam, erzählte sie ihm die Geschichte, und am Abend schrieb sie der Nonne. Bald darauf traf ein Brief bei uns ein – für mich waren geweihte Medaillen und Skapuliere beigelegt –, in dem stand, daß weder die Nonne noch ihre verheiratete Schwester ein Geschenk geschickt hätten. Ich nehme an, daß der Mann mit den Stulphandschuhen das Mädchen geheiratet hat.

»Es wird wohl eins von den großen Geheimnissen bleiben«, seufzte Mama, als sie den Teppich am Pfosten ausschlug und wegen des Staubes die Augen schloß. Sie fand sich damit ab, es nie herauszukriegen.

Doch vier Wochen später klopfte es an der Hoftür, als wir gerade oben waren, um die Betten frisch zu beziehen. »Lauf runter und sieh nach, wer es ist«, sagte sie.

Es war ein Namensvetter von Da, ein Mann aus dem Dorf, der immer kam, um sich irgend etwas zu borgen: einen Esel oder eine Mähmaschine oder auch nur einen Spaten.

»Ist deine Mutter zu Hause?« fragte er, und ich sprang die halbe Treppe hinauf und rief sie.

»Ich bin wegen dem Teppich gekommen«, sagte er.

»Was für ein Teppich?« fragte Mama. Nie im Leben war sie näher an eine Lüge herangekommen. Der Atem stockte ihr fast, und sie wurde ein bißchen rot.

»Ich hab gehört, Sie hätten hier einen neuen Teppich. Ja, das ist also unser Teppich. Den hat die Schwester meiner Frau uns schon vor Monaten geschickt, und wir haben ihn nie bekommen.«

»Wovon reden Sie eigentlich?« fragte sie mit sehr sarkastischer Stimme. Er war ein kleiner Feigling und so unnütz, daß er, wie es hieß, seine Frau vom Garten hereinrief, damit sie ihm Tee einschenkte. Ich vermute, daß meine Mutter ihn wegzuscheuchen hoffte.

»Von dem Teppich, den der Briefträger eines Morgens hergebracht und hier Ihrer Kleinen gegeben hat.« Er nickte mir zu.

»Oh, der!« sagte Mama und war etwas verdutzt ob der Neuigkeit, daß der Briefträger darüber Auskunft gegeben hatte. Dann mußte sie ein Hoffnungsstrahl (oder ein Wahnsinnsstrahl) durchzuckt haben, denn sie fragte, welche Farbe der Teppich habe, nach dem er sich erkundigte.

»'s ist ein schwarzes Schaffell«, sagte er.

Nun gab es nichts mehr zu zweifeln. Ihre ganze Person erschlaffte: Schultern, Leib, Stimme, einfach alles.

»Er ist hier«, sagte sie achtlos und ging über den Flur ins Wohnzimmer.

»Weil wir Namensvettern sind und all so was, hat uns der Briefträger verwechselt«, erklärte er mir dümmlich.

Mama hatte mir zugeblinzelt, an der Tür zu bleiben und achtzugeben, daß er ihr nicht folgte, denn sie wollte ihn nicht merken lassen, daß wir den Teppich benutzt hatten.

Er war zusammengerollt und hatte einen Bindfaden um die Mitte, als sie dem Mann den Teppich übergab. Während sie ihn die Allee hinuntergehen sah, weinte sie, nicht so sehr wegen des Verlustes – obwohl der Verlust ungeheuer war –, als vielmehr wegen ihrer Dummheit, geglaubt zu haben, jemand habe ihr endlich etwas Gutes antun wollen.

»Man lebt und lernt«, sagte sie und öffnete aus reiner Gewohnheit ihre Schürzenbänder – und dann verknotete sie sie wieder, langsam und mit Bedacht, und machte einen festeren Knoten.

Der Eingang zur Höhle

Zwei Wege führten ins Dorf. Ich wählte den schlechteren, um, anstatt am Meer, lieber den Berghang entlangzugehen. Es ist eine staubige, schwer kenntliche Wegstrecke, mit Felsbrocken übersät. Die von der Steilwand heruntergefallenen Felsbrocken weisen, wenn sie einmal geborsten sind, ein drohendes Rot auf. Außen scheint die Steilwand grau zu sein. Auf ihrer rötlichgrauen Fläche wachsen hier und da kleine Baumgruppen. Obwohl sie im Sommer ausgedörrt und im Winter von Stürmen gequält werden, halten sie durch: sie werden weder größer noch kleiner.

In einem solchen Gestrüpp dicht unter der Steilwand sah ich plötzlich ein Mädchen aufstehen. Langsam begann sie ihre Strumpfhalter zu befestigen. Sie hatte einen unsicheren Stand, denn als sie ihren Schlüpfer hochzog, verlor sie ein paarmal den Halt. Sie stieg nicht in ihren Rock, sondern zog ihn sich über den Kopf, zuletzt den Sweater, der anscheinend mehrere Knöpfe hatte. Als ich näherkam, ging sie weg. Ein junges Mädchen in einem braunen Sweater und einem schwarzen Rock. Sie mußte ungefähr zwanzig sein. Ohne es beabsichtigt zu haben, drehte ich mich auf einmal um und ging heimwärts, wie um den Eindruck zu erwecken, ich wäre nur ein bißchen herumgeschlendert. Wie lächerlich das war, fiel mir erst hinterher auf, und ich drehte mich wieder um und wanderte zum Schauplatz ihrer Heimlichkeit. Ich zitterte dabei, aber solche Pläne müssen durchgeführt werden.

Welche Überraschung, als ich fand, daß dort nichts auf der Lauer lag, kein Mensch und kein Tier. Die Büsche hatten sich nach der Belastung durch ihren Körper noch nicht wiederaufgerichtet. Ich schloß daraus, daß sie ziemlich lange dort gelegen haben mußte. Dann sah ich, daß auch sie zurückgekehrt war. Hatte sie etwas vergessen? Wollte sie mich um einen Gefallen bitten? Warum beeilte sie sich so? Ich konnte ihr Gesicht nicht sehen, sie ließ den Kopf hängen. Ich drehte mich um, und diesmal rannte ich zu dem kleinen Pfad, der zu meinem gemieteten Haus führt. Ich dachte, weshalb renne ich, weshalb zittere ich, weshalb fürchte ich mich? Weil sie eine Frau ist und ich ebenfalls? Weil, weil? Ich wußte es nicht.

Als ich in den Hof trat, bat ich die Dienerin, die sich fächerte, den Hund loszumachen. Dann saß ich draußen und wartete. Der blühende Baum sah besonders dramatisch aus: die Blütenblätter waren von einem feurigen Rot, und der Duft war beklemmend süß. Der einzige Baum, der in Blüte stand. Meine Dienerin hatte mich vor gerade diesen Blüten gewarnt; sie hatte sich sogar die Mühe genommen, das Wörterbuch zu holen, um mir das Wort einzuschärfen: *venodno* – Gift – giftige Blütenblätter. Trotzdem hatte ich den Tisch näher an den Baum heranstellen lassen, und wir machten ihn standfest, indem wir umgebogene Zigarettenschachteln unter zwei Tischbeine schoben. Ich sagte der Dienerin, sie solle den Tisch für zwei Personen decken. Ich bestimmte auch, was wir essen wollten, obwohl ich das sonst nicht tue, um den Tagen ein Überraschungsmoment zu verleihen. Ich forderte sie auf, beide Weinsorten auf den Tisch zu stellen, und auch die langen, mit Zucker bestreuten Biskotten, die man in Weißwein tunkt, um daran zu lutschen, bis das Süße verschwindet, und die man dann wieder eintunkt und wieder ablutscht, ohne aufzuhören.

Das Haus würde ihr gefallen. Es wirkte bei aller Vornehmheit einfach. Ein weißes Haus mit grünen Fensterläden und einer Lünette aus Stein über jeder der drei Türen im Erdgeschoß. Eine Sonnenuhr, ein Brunnen und eine kleine Kapelle. Die Wände und die Decken waren von einem milchigen Blau, und das bewirkte zusammen mit dem Meer und dem Himmel eine eigenartige Sinnestäuschung: wie wenn Meer und Himmel ins Haus gezogen wären. Anstelle von Bildern hingen Landkarten an den Wänden. Um die elektrischen Birnen hingen rosa Muscheln, die im Laufe der Jahre ein wenig abgespillert waren, doch das trug erst recht zur Zwanglosigkeit der Atmosphäre bei.

Wir würden lange Zeit beim Abendessen sitzen. Blüten würden vom Baum sinken, und manche würden auf dem Steintisch liegen bleiben und ihn schmücken. Die Feigen, die köstlich gekühlt waren, würden auf einem großen Teller serviert werden. Wir würden sie mit den Fingern prüfen. Wir würden wissen, welche von ihnen sich als gerade recht erwiesen, wenn man hineinbiß. Sie, als Einheimische, mochte darin erfahrener sein als ich. Eine von uns beiden würde vielleicht zu gierig hineinbeißen, so daß uns die Samen – naß und klebrig und saftig und wundervoll – übers Kinn spritzten. Ich würde mir das Kinn mit der Hand abwischen. Ich würde alles tun, damit sie sich wohl fühlte. Mich betrinken, falls nötig. Zuerst würde ich sprechen, doch später würde ich Zurückhaltung zeigen, um auch ihr Gelegenheit zu geben.

Ich zog mich um und legte ein orangefarbenes Kleid und eine lange Halskette an, die aus den verschiedensten Muscheln bestand. Der Hund lief noch immer frei herum, damit er mich warnen konnte. Beim ersten Gebell würde ich ihn holen und hinter dem Haus anbinden lassen, von wo nicht einmal sein Jaulen zu uns dringen konnte.

Ich saß auf der Terrasse. Die Sonne ging unter. Um sie ganz auszukosten, setzte ich mich in einen andern Sessel. Die Grillen hatten ihren unaufhörlichen, fast mechanischen Lärm angestimmt, und hinter den Landkarten kamen die Eidechsen hervor. Etwas in ihren flinken, verstohlenen Bewegungen erinnerte mich an sie, doch gerade da erinnerte mich ohnehin alles an sie. Es war eine solche Stille, daß die Sekunden ihr Verstreichen anzuzeigen schienen. Nur die Grillen waren zu hören, und in der Ferne der Klang von Schafglocken, der verträumter war als ein Blöken. In der Ferne auch der Leuchtturm, der getreulich seine Zeichen gab. Ein Paar Shorts, die an einem Haken hingen, begannen im ersten Abendwind zu flattern – und wie willkommen war er mir, da ich wußte, daß er die Nacht ankündigte. Sie wartete aufs Dunkel, auf das verhüllende Dunkel, den freundlichen Helfershelfer des Sünders.

Meine Dienerin wartete irgendwo außer Sicht. Ich konnte sie nicht sehen, aber ich war ihrer Anwesenheit inne, wie man es manchmal von einem Souffleur in den Kulissen weiß. Es reizte mich. Ich konnte hören, wie sie einen

Teller aufhob oder hinstellte, und ich wußte, daß sie es nur tat, um meine Aufmerksamkeit zu erregen. Ich mußte auch gegen den Geruch der Linsensuppe ankämpfen. Der Geruch schien, wenn auch angenehm, so doch nichts anderes als eine Bestechung zu sein, um den Ablauf zu beschleunigen – und das war unmöglich. Denn sobald ich einmal zu essen begann, wurde (meiner Theorie zufolge) die Möglichkeit ihres Kommens ausgeschaltet. Ich mußte warten.

Die Stunde, die nun folgte, verlief nach einem irritierenden, vorhersehbaren und greulichen Muster: ich ging umher, saß auf verschiedenen Sitzplätzen, zündete eine Zigarette an, die ich ebenso schnell wieder wegwarf, und goß mir ständig nach. Zeitweise vergaß ich die Ursache meiner Erregtheit, aber dann, wenn ich mich an sie in ihrer dunklen Kleidung und an die niedergeschlagenen Augen erinnerte, zitterte ich wieder vor Freude, sie zu begrüßen. Jenseits der Bucht flammten die verschiedenen Lichterkolonien auf und deuteten die Städte und Dörfer an, die tagsüber nicht zu erkennen waren. Die Makellosigkeit der Sterne war abscheulich.

Schließlich wurde das Futter für den Hund gebracht; er fraß es, wie immer, mir zu Füßen. Als der leere Teller infolge meines Ungeschicks über das glatte Steinpflaster schlitterte und der

Vollmond so nah, so rot, so seltsam gastfreundlich über den Kiefern erschien, beschloß ich anzufangen, holte die Serviette aus ihrem Ring und breitete sie langsam und feierlich über meinen Schoß. Ich gestehe, daß in den paar Sekunden meine Zuversicht überwältigend und meine Hoffnung stärker denn je war.

Das Essen war verdorben. Ich trank sehr viel.

Am nächsten Tag begab ich mich ins Dorf, wählte jedoch den Weg am Meer entlang. Den Weg längs der Steilwand bin ich seither nie mehr gegangen. Oft habe ich es gewollt, vor allem nach der Arbeit, wenn ich weiß, wie meine Route verlaufen wird: ich werde die Post holen, werde in der Bar, wo die pensionierten Obersten Karten spielen, einen Pernod trinken und herumsitzen und mit ihnen plaudern – über nichts. Wir haben uns längst mit unsrer gegenseitigen Unbrauchbarkeit abgefunden. Neue Menschen kommen kaum jemals her.

Einmal kam ein australischer Maler, den ich zum Essen einlud, weil ich fand, daß er einigermaßen nett aussah. Nach ein paar Drinks wurde er unangenehm und erklärte mir dauernd, ein wie falsches Bild man sich von seinen Landsleuten mache. Es war eher traurig als widerlich, und die Dienerin und ich mußten ihn untergehakt heimbringen.

An den Sonntagen und Festtagen gehen die

etwa zwanzigjährigen Mädchen hier vorbei, haben einander die Arme um die Schultern gelegt und den Körper in ihrer dunklen, geräumigen Kleidung vergraben. Nicht eine von ihnen schaut zu mir hin, obwohl ich ihnen mittlerweile bekannt bin. Sie muß mich kennen. Doch nie läßt sie sich anmerken, welche von ihnen es ist. Ich vermute, daß sie zu verängstigt ist. Bin ich einmal optimistischer gestimmt, dann denke ich gern, daß sie dort oben wartet und hofft, ich würde kommen und sie aufstöbern. Doch immer schlage ich den Weg am Meer ein, auch wenn es mich noch so sehnsüchtig verlangt, den andern Weg zu gehen.

Wie man eine Glyzinie zieht

In den ersten Jahren ihrer Ehe sahen sie niemanden. Er wünschte es so. Sie verbrachten die Tage in ihrem Holzhaus hoch oben im Gebirge. Der Schnee blieb jedes Jahr vier oder fünf Monate liegen, und früh am Morgen, wenn die Sonne schien, saßen sie auf der Veranda und bewunderten die endlose Weite der Schneeflächen und die Kiefern unter der Last des Schnees. Das Weideland wurde von Bergen überragt, von hohen Bergen. Morgens war es ihr nie einsam zumute. Doch abends seufzte sie manchmal. Irgendeine kleine Erinnerung traf sie da, geweckt durch eine Stimme, ein Lied, einmal sogar durch das Aroma von warmen roten Rüben. Über diese flüchtigen Erinnerungen hatte sie keine Macht, und sie ahnte nie, wann sie vielleicht auftauchten. Sie kamen wie Geister, um sie zu beunruhigen. Selbst während der Liebesumarmung gelang es ihnen, sich vorzudrängen. Manchmal fragte sie sich, weshalb sie einen Mann geheiratet hatte, der darauf bestand, so abgeschieden zu leben. Die Antwort war leicht: sein Wesen und sein Gesicht entsprachen genau einem ihrer törichten

Träume. Er war ein Mensch, den sie nie richtig kennen würde.

Der einzige Bote von draußen, der je zu ihnen kam, war der Dorftrottel. Er radelte zu ihnen hinauf, um den Garten zu besorgen. Grinsend hackte und grub er fort, und nie konnte er ihre Fragen beantworten. Einfache Fragen über seine Mutter, seinen Vater, sein verrostetes Damenfahrrad und wie er in dessen Besitz gekommen sei. Einmal riß er beim Graben eine Kletterpflanze aus, und sie lachte und sprach unaufhörlich zu ihrem Mann darüber, als wäre es eine hochwichtige Angelegenheit. Sie pflanzte eine neue.

Die Jahreszeiten brachten Abwechslung: zuerst einen trügerischen Vorfrühling mit vorzeitigem Tauwetter, dann den richtigen Frühling mit den Frühlingsblumen, die klein und sanft waren wie Pupillen. Die Schafe lammten, und bald sproß aus der Erde, was sie gesät hatte. Als die Regenzeit begann, quoll das Holz auf, und wenn der Regen dann aufhörte, mühte sich das Holz ab, wieder einzuschrumpfen und zur Ruhe zu kommen. Das Knacken im ganzen Haus ging ihr auf die Nerven. Sie war nicht in andern Umständen. Es war nicht mehr so, daß sie beim Mittagessen oder beim Frühstück oder Abendbrot mittendrin aufsprangen und zitternd vor Leidenschaft zu dem breiten Bett gingen. Sie hackten Holz, sie zündeten Feuer im Ofen an, sie machten sich zu schaffen – es gibt immer etwas zu tun in einem Haus.

Als der Sommer kam, zog er mit einem Schlafsack ins Freie, ohne etwas zu sagen. Der Wald war ihm lieber. Zuerst weinte sie, dann fand sie sich damit ab, doch immer hatte sie Hunger, immer fror sie.

Endlich – da er selbst die Trostlosigkeit zu spüren begann – willigte er ein, in die Stadt zu ziehen, aber unter der Bedingung, daß sie völlig einsam leben würden. Er ging zuerst hin, um eine Wohnung zu suchen, denn sie sollte geeignet sein: sie sollte in eine grüne Weite blikken, und in einer Großstadt ist so etwas schwer zu finden.

Er fehlte ihr. Seit Jahren waren sie zum erstenmal getrennt, und als er nach Hause kam und den dunklen Weg entlangging, in der Hand eine Taschenlampe, lief sie ihm entgegen und umarmte ihn. In ihrer Umarmung lagen Zärtlichkeit und Versöhnung.

Die neue Wohnung hatte eine hohe Decke, Doppeltüren und einen hinter Holzstäben versteckten Radiator. Der Ofen fehlte ihnen. Ihr Mann installierte seine Apparate, das Bandaufnahme-Gerät, den Plattenspieler und die Infrarot-Lampe. Da sie nur das eine Zimmer hatten, machte sie sich's zur Regel, häufig auszugehen und ihn seiner Einsamkeit zu überlassen. Durch diese Spaziergänge lernte sie die Straßen gründlich kennen. Sie wußte, wo der Bürgersteig infolge schlecht zusammenpassender Steinplatten uneben war, sie kannte die Rostflecke auf den roten Zeitungskiosks, kannte die Kinderfrauen und die Kinderwagen; nie blickte sie auf das, was im Kinderwagen lag. Sie kannte die Hunde, die sich ihren Herrchen widersetzten, und die andern, die brav an der Leine gingen. Ein paar Leute lächelten ihr zu. Ein Platz war da, den sie besonders zauberhaft fand. Vierstöckige Häuser erhoben sich in gehörigem Abstand von der Straße, und einige Stufen führten zu dem mit Platten belegten Gartenpfad. Auf jenem Platz besah sie sich die Gardinen, die Gartenpforten und den Anstrich der Haustüren genauer, weil sie glaubte, sie könne nach diesen äußeren Anzeichen auf das Leben im Innern des Hauses schließen. Sie liebte die abendliche Stunde, wenn alles lebhafter wurde und die Leute mit ihren Einkäufen fürs Abendessen nach Hause eilten. Ihr Eifer steckte sie an. Oft schritt sie ebenso eilig aus, bis sie merkte, daß sie in der falschen Richtung ging. Tagsüber unternahm sie Busfahrten, von einer Endstation zur andern Endstation, einfach, um etwas zu erlauschen. Wenn sie nach Hause kam, erzählte sie ihrem Mann alles, was sie gesehen, und alles, was sie gehört hatte, und manchmal lachte er, denn sie hörte allerlei Lustiges.

Zu Weihnachten faßte sie sich ein Herz und lud Gäste zum Abendessen ein. Die Leute besaßen eine Galerie, in der sie viele angenehme Stunden verbracht hatte. Es bedeutete vorher einige Diplomatie und hinterher Krieg. Er fand sie nicht annehmbar. Die Frau sprach von ihrer Schwäche für Lederkoffer, und das fand er geschmacklos. Während des einen Winters hatten sie dreimal Gäste, und nur einer dieser Abende ließ sich gut an.

Dann wieder Weihnachten, der Jahrestag ihrer Verlobung; doch sie verließ ihn. Sie ging aus dem Haus und die Straße entlang. Die Sterne waren da, der Mond und eine Reihe von Straßenlaternen, den Weg zu weisen. Der Frost, der streng war, schien ihren Entschluß ebenso zu erhärten und zu verewigen, wie der Frost in den Bergen bei ihren Spaziergängen in längst vergangener Zeit die Hufspuren von Tieren festgehalten hatte. Ihre Freunde fuhren in seine Wohnung und brachten ihm ihren Brief, der ihm sagte, daß sie weggegangen sei. »Frieden, endlich Frieden!« hatte er daraufhin gesagt.

Er kehrte ins Gebirge zurück und schrieb ihr eine Unzahl von Briefen. Sie waren voller

Schmähungen, und sie konnte sie nie zu Ende lesen, ohne in Tränen auszubrechen.

Sie zog in eine größere Stadt und erhielt eine Anstellung in einer Galerie. Dadurch hoffte sie viele Menschen kennenzulernen. Sie lebte nicht schlecht. Ihr einstiges und ihr jetziges Leben waren so verschieden wie Tag und Nacht, und sie geriet von einem Extrem ins andre. Jetzt waren es dauernd Einladungen und Freundschaften und Anrufe. Keine Woche, kein Tag, keine Stunde verstrich, in der sie nicht jemanden sah oder angerufen wurde und Verabredungen traf. Verabredungen hatte sie, wie es schien, bis an ihr Lebensende. Lebensgeschichten wurden ihr anvertraut, und obwohl ihr das schmeichelte, konnte sie doch nachts nicht schlafen wegen all der Erlebnisse, die auf sie einstürmten.

Sie hatte auch Anbeter: betrunkene, die nach einer Party betrunken mit ihr im Bett lagen, und andere, die flinker waren und kurz vor dem Essen kamen, um sie in der Küche oder auf dem Flur zu verführen oder wo sie sonst gerade waren. Sie hatte auch ein paar Verhältnisse, die normal verliefen, mit Geschenken und Blumensträußen und Essen in Restaurants. Zu all diesen aufregenden Dingen kam es, doch nie wollte sich das Gefühl einer überwältigenden Freude einstellen. Statt dessen geschah etwas anderes. Ein heimlicher Widerwille wuchs allmählich in ihr. ›Ich brauche eine Ruhepause, eine Entspannung von all den Leuten‹, sagte sie sich öfters, doch ihnen zu entkommen, war unmöglich.

Bei einer ihrer Parties flog der Zapfen aus einem Fäßchen Apfelwein, und obwohl der Apfelwein sich in vollem Strahl über den Fußboden ergoß, bemühte sich keiner, die Flut einzudämmen. Jemand hatte aus lila Toilettenpapier Schleifen gemacht und reichte sie herum, und darüber lachten alle. Sie wünschte insgeheim, daß sie weggingen, alle miteinander, sofort, wie ein Schwarm Fliegen.

Dann faßte sie einen Entschluß. Sie versuchte, mit Menschen zusammenzusein und doch nichts zu sehen und zu hören. Aber sie drangen durch. Sie fanden stets irgendeine Ritze. Es war nicht schwierig: eine Beleidigung, ein klug angebrachtes Schmeichelwort, eine neue Klatschgeschichte, und sie gehörte wieder zu ihnen. Zu ihnen, denen sie Versprechungen machte, zu ihnen, denen sie verpflichtet war und vor denen sie ihre Abneigung verheimlichen mußte. Sie fand, es seien keine zwei Menschen in der Welt übrig, die sich wirklich gern hatten. Ihr geteiltes Ich befand sich in tödlichem Widerstreit: das eine Ich, das die Leute willkommen hieß, und das andere Ich, das vor ihnen zurückschreckte. Es war alles furchtbar und ermüdend und sinnlos.

Eines Abends stieß sie im Hause einer Freundin ein Glas Rotwein um. Er floß zu einer großen Lache auseinander und drang durch die Löcher der gehäkelten Decke, unter der Decke lag rotes Krepp-Papier, so daß der Fleck – ein unverschämtes Rot – in keinem Verhältnis zu der Menge verschütteten Weins stand. Sie entschuldigte sich natürlich, und die Gastgeberin war mehr als nachsichtig. Sie gingen sogar alle in ein anderes Zimmer, um den häßlichen Anblick nicht mehr vor Augen zu haben.

Das nächstemal blamierte sie sich in einem Hotel. Ein Glas – es war Whisky darin gewesen – flog ihr einfach aus der Hand und um ein Haar auf den blankgewichsten Stiefel eines vorbeigehenden Herrn. Ihr Freund (ein neuer) fand es sehr komisch.

Ein andermal stieß sie kurz vor dem Mittagessen in einem Wohnzimmer ein paar Flaschen um, die zum Chambrieren vor den Kamin gestellt worden waren. Sie versuchte, den Wein mit einem Taschentuch aufzuwischen, ehe es jemand bemerkte. Sie benutzte sogar einen Zipfel ihres duftigen Kleides. Genau wie ein Kind.

Von da an schien es unvermeidlich. Einerlei, wohin sie ging, einerlei, wo sie war, es mußte ihr einfach passieren. Es begann ihr Leben und ihre Verabredungen zu beeinflussen. Ihre Freunde lachten gutmütig. Sie machten Witze, wenn sie ins Zimmer trat, und doch war es immer beschämend und immer entsetzlich, wenn es passierte. Wenn sie sich schlafen legte, stürmte es auf sie ein. Im Geiste sah sie sich, wie sie ihr Leben durch Zimmer, Tanzsäle, Länder und Kontinente verkleckerte. Im Schlaf verkleckerte sie etwas, und wenn sie erwachte, fürchtete sie sich vor den Tagesgefechten, weil sie wußte, was passieren würde.

Es dauerte Monate, bis der Entschluß herangereift war, doch eines Tages war es leicht, ihn auszuführen. So leicht wie an dem Abend, als sie ihren Mann verließ und wußte, daß es für immer war. Sie mußte aufhören, mit Leuten zu verkehren. Sie ging ganz methodisch vor. An allen Fenstern ließ sie Jalousien anbringen, und dann ließ sie das Telefon abholen. Das gab ihr einen Stich. Und was die Sache ärger machte: der Installateur ließ ihr den Nebenanschluß und sagte, vielleicht hätte sie's gern wegen ihrer Kleinen. Und obwohl es nicht angeschlossen war, hatte sie Angst, es könne läuten, weil es so daran gewöhnt war. Die Bekannten schrieben ihr. Manche nahmen an, sie hätte ein anrüchiges Verhältnis mit einem Mann, der so stadtbekannt war, daß er unterschlagen werden mußte. Es war zum Verrücktwerden, wie prüde sie taten. Wenn sie kamen, versteckte sie sich: sie sagte sich, daß die Klingelei nachlassen würde, wenn sie erst die Geduld verloren hatten. Einmal wöchentlich wurden bestellte Waren geliefert und vor die Tür gestellt. Und vor der Tür ließ sie auch die leeren Flaschen, die zu befördernden Briefe und eine Liste benötigter Waren für die folgende Woche. Ihren Freunden schrieb sie: »Vielen Dank für die Einladung, ich wünschte, ich könnte kommen, aber vorderhand wage ich nicht auszugehen. Vielleicht ein andermal? Vielleicht nächstes Jahr?« In jedem Brief stand immer dasselbe. Sie hätte sich welche drucken lassen können, aber sie tat es nicht. Jedem schrieb sie sauber mit der Hand, mit dicker schwarzer Tinte. Sie wollte niemanden kränken. Früher waren sie befreundet gewesen, und vielleicht begegnete sie ihnen wieder, ehe sie starb. Sie wußte, daß schon Zahnschmerzen oder ein Rohrbruch oder ein Übermaß an guter Laune genügten, um sie wieder unter die Leute zu locken. ›Noch nicht, noch nicht‹, sagte sie sich energisch.

Die Tage vergingen angenehm. Es war allerhand zu erledigen. Staub sammelt sich an, ob man will oder nicht. Sie hielt alles tadellos sauber. Sie besaß einen kleinen Massage-Apparat, den sie zweimal täglich benutzte. Die Wirkung war sowohl erfrischend wie entspannend, und sie benutzte ihn für den ganzen Körper. Fürs Abendessen zog sie sich um, und jeden Abend trank sie zwei Martinis. Während des Essens spielte sie ein paar Platten und ließ sich aufheitern. Im übrigen war es ruhig, so ruhig. Die ruhigen, geordneten Tage dehnten sich vor ihr wie eine überschaubare Wegstrecke. Sie mußte nichts sagen, nichts hören. Nur eins ärgerte sie: der zeitliche Beginn ihrer Beschwerden. Hätten sie früher begonnen, hätte ihre Ehe vielleicht zusammenbleiben können, zwei in sich gekehrte Menschen – in einem Haus – im Gebirge.

Irische Lustbarkeit

Mary hoffte, daß der morsche Vorderreifen nicht platzte. Der Schlauch hatte nämlich einen feinen Riß, und zweimal mußte sie absteigen und die Luftpumpe nehmen, was ärgerlich war, denn die Luftpumpe hatte kein Ansatzstück und mußte mit dem Taschentuchzipfel draufgezwängt werden. Solange sie denken konnte, hatte sie Fahrräder aufgepumpt, Torf herangekarrt, die Ställe ausgemistet, Männerarbeit verrichtet. Ihr Vater und ihre beiden älteren Brüder arbeiteten fürs Forstamt, deshalb mußten Mary und ihre Mutter all die andern Arbeiten übernehmen: drei kleine Kinder waren auch noch da, Hühner und Schweine wollten besorgt werden, dazu noch das Buttern. Sie hatten einen Bauernhof in den Bergen, und das Leben war schwer.

Aber heute war sie frei. Es war ein kalter Abend – Anfang November. Zwischen kahlen Weißdornhecken fuhr sie die Bergstraße entlang und dachte voller Freude an die Party. Es war ihre erste Party, obwohl sie schon siebzehn war. Sie hatte die Einladung erst heute vormittag erhalten. Der Briefträger hatte ausgerichtet, Mrs. Rodgers vom Commercial Hotel wolle, daß Mary heut abend käme, unbedingt. Marys Mutter war zuerst nicht dafür, daß Mary hinging; es war zuviel zu tun: Grütze mußte gemahlen werden, und einer von den Zwillingen hatte Ohrenschmerzen und würde wahrscheinlich in der Nacht schreien. (Die einjährigen Zwillinge schliefen bei Mary in deren Bett, und manchmal hatte sie Angst, sie könnte sie erdrücken oder ersticken, denn das Bett war so schmal.) Sie bat ihre Mutter, sie gehen zu lassen.

»Was soll's schon nützen?« hatte ihre Mutter gefragt. Ihr erschien jeder Ausgang als störend; man bekam nur Geschmack auf Dinge, die man nicht haben konnte. Aber schließlich gab ihre Mutter nach, vor allem deshalb, weil Mrs. Rodgers als Besitzerin des Commercial Hotels eine wichtige Persönlichkeit war.

»Du darfst gehen, aber nur, wenn du morgen früh rechtzeitig zum Melken zurück bist! Und daß du mir nicht den Kopf verlierst und leichtsinnig wirst!« mahnte ihre Mutter. Mary sollte über Nacht bei Mrs. Rodgers im Dorf bleiben. Sie flocht sich ihr Haar, und als sie es später auskämmte, fiel es ihr in dunklen, krausen Wellen über die Schultern. Sie durfte das schwarze Spitzenkleid anziehen, das vor Jahren aus Amerika gekommen war und eigentlich niemandem gehörte. Ihre Mutter hatte sie mit

Weihwasser besprengt und bis an die Landstraße gebracht und sie nochmals ermahnt, ja keinen Alkohol anzurühren.

Mary war glücklich, während sie vorsichtig die Bergstraße entlangradelte und die tiefen Löcher vermied, die mit dünnem Eis überzogen waren. Der Reif war heute liegengeblieben. Der Boden war hart gefroren. Wenn es so weiterging mit der Kälte, mußte das Vieh in den Stall gebracht werden und Heu bekommen.

Die Landstraße wand und schlängelte sich und stieg an, und Mary folgte allen Windungen und erklomm die kleinen Anhöhen und fuhr bis zur nächsten Höhe bergab, doch den *Big Hill* fuhr sie nicht hinunter, sondern stieg ab, weil die Bremse nicht mehr zuverlässig war, und aus alter Gewohnheit blickte sie noch einmal auf ihr Elternhaus zurück. Es war das einzige Haus dahinten in den Bergen, klein und weiß getüncht, umgeben von ein paar Bäumen, und auf der Rückseite war ein Viereck, das sie den Küchengarten nannten. Ein Rhabarberbeet war da und einige Sträucher, über die sie die Teeblätter ausleerten, und ein Grasfleck, wo die Küken im Sommer ihren Auslauf hatten, der jeden zweiten Tag verschoben wurde.

Sie wandte den Blick ab. Jetzt konnte sie in Ruhe an John Roland denken. Vor zwei Jahren war er in die hiesige Gegend gekommen, auf einem Motorrad, in verrücktem Tempo, so daß der Staub auf die frisch gewaschenen Milchtücher fiel, die gerade zum Trocknen ausgebreitet auf der Hecke lagen. Er hielt und fragte sie nach dem Weg. Er wohnte bei Mrs. Rodgers im Commercial Hotel, und nun wollte er sich den Bergsee hier oben ansehen, der wegen seiner Farben berühmt war. Er wechselte rasch die Farbe: innerhalb einer einzigen Stunde konnte er blau oder grün oder schwarz sein, und bei Sonnenuntergang war er oft von einem seltsamen Burgunderrot, überhaupt nicht wie ein See, sondern wie Wein.

»Da unten ist er!« hatte sie zu dem Fremden gesagt und ihm den See mit der kleinen Insel gezeigt. Er war an der falschen Stelle abgebogen.

Hügel und schmale Kornfelder fielen steil zum Wasser hin ab. Der Boden war natürlich schlecht – bei all den Steinen. Die Kornfelder vergilbten schon, es war im Hochsommer gewesen; an den Straßenrändern loderte das blutige Rot der Fuchsien; nach fünf Stunden war die Milch in den Kannen bereits sauer. Er sagte, wie fremdartig alles sei. Sie interessierte sich nicht so für eine schöne Aussicht, deshalb blickte sie einfach in den hohen blauen Himmel und sah einen Habicht, der genau über ihnen in der Bläue verhielt. Es war wie eine Pause in ihrem

Dasein, über ihnen der Habicht, der so wunderbar still stand; und gerade da trat ihre Mutter aus dem Haus, um zu sehen, wer der Fremde sein könne. Er nahm den Helm ab und begrüßte Marys Mutter sehr höflich. Er stellte sich als John Roland vor: ein englischer Maler war er, der in Italien lebte.

Mary erinnerte sich nicht mehr, wie es gekommen war, aber nach einer kleinen Weile begleitete der Fremde sie in ihre Küche und setzte sich mit ihnen zum Essen.

Das war nun zwei lange Jahre her, doch nie hatte sie die Hoffnung aufgegeben. Vielleicht heute abend? Der Briefträger hatte gesagt, jemand Besonderes erwarte sie im Commercial Hotel. Sie war von solchem Glück erfüllt. Sie redete mit ihrem Fahrrad, und ihr schien, als spiegele sich ihr Glück in der Perlfarbe des kalten Himmels, in den bereiften Wiesen, die in der Dämmerung blau wurden, und in den Hüttenfenstern am Weg. Ihr Vater und ihre Mutter waren reich und fröhlich; der Zwilling hatte keine Ohrenschmerzen, das Küchenfeuer rauchte nicht. Dann und wann mußte sie bei dem Gedanken lächeln, wie sie ihm erscheinen würde: größer und jetzt mit Busen, und in einem Kleid, dessen man sich nirgends zu schämen brauchte. Sie dachte nicht mehr an den brüchigen Reifen, stieg auf und fuhr weiter.

Die fünf Straßenlaternen brannten schon, als sie ins Dorf radelte. Heute war hier Viehmarkt gewesen, und die Hauptstraße war mit Kuhmist besudelt. Die Leute hatten ihre Fenster durch halbhohe Fensterläden oder sonst einen Behelf aus Brettern und Fässern geschützt. Manche scheuerten ihr Stück Bürgersteig mit Eimer und Bürste sauber. Kühe wanderten muhend herum, wie sie es immer tun, wenn sie in einer fremden Straße sind, und betrunkene Bauern waren mit Stöcken hinter ihnen her, um in dunklen Winkeln ihr eigenes Vieh aufzustöbern.

Hinter dem großen Ladenfenster des Commercial Hotels hörte Mary laute Unterhaltung und singende Männer. Die Fensterscheibe war aus Milchglas, deshalb konnte sie niemanden erkennen; sie sah nur, wie sich drin die Köpfe hin und her bewegten. Es war ein armseliges Hotel; die gelbgetünchten Wände brauchten dringend einen neuen Anstrich: seit dem Wahlfeldzug vor fünf Jahren, als De Valera ins Dorf kam, waren sie nicht mehr gestrichen worden. De Valera war damals in den oberen Stock gegangen und hatte sich ins Wohnzimmer gesetzt; er hatte mit einer billigen Feder seinen Namen ins Gästebuch eingetragen und Mrs. Rodgers wegen des Todes ihres vor kurzem verstorbenen Mannes sein Beileid ausgesprochen.

Zuerst wollte Mary ihr Fahrrad gegen die Bierfässer unter dem Fenster lehnen und die drei Steinstufen hinaufsteigen, die zur Haustür führten; doch plötzlich klickte die Klinke der Ladentür, und entsetzt rannte sie in die kleine Gasse neben dem Laden, weil sie Angst hatte, jemand, der ihren Vater kannte, erzählte ihm vielleicht, er habe sie durch den Schankraum gehen sehn. Sie schob ihr Fahrrad in einen Schuppen und näherte sich der Hoftür. Sie stand offen, doch sie klopfte lieber erst an, ehe sie eintrat.

Zwei Mädchen aus der Ortschaft kamen angestürzt. Die eine war Doris O'Beirne, die Tochter des Sattlers. Sie sonnte sich im Ruhm, die einzige Doris im ganzen Dorf zu sein, und obendrein hatte sie zwei verschiedene Augen, ein blaues und ein dunkelbraunes. Sie lernte in der Handelsschule Stenographie und Maschineschreiben und wollte einmal in Dublin Sekretärin irgendeines berühmten Mannes bei der Regierung werden.

»Mein Gott, ich dachte, es wär jemand Wichtiges!« rief sie, als sie Mary dastehen sah – Mary, die rot wurde und hübsch aussah und eine Flasche mit Sahne in der Hand hielt. Noch ein Mädchen! In der Gegend wimmelte es von jungen Mädchen. Die Leute meinten, es hinge mit dem kalkhaltigen Wasser zusammen, daß so viele Mädchen geboren würden, Mädchen mit rosiger Haut und schönen Augen, Mädchen wie Mary, mit langem, gewelltem Haar und guter Figur.

»Komm rein oder bleib draußen!« sagte Eithne Duggan, das andere Mädchen. Es sollte ein Scherz sein, aber keine von beiden mochte Mary leiden: sie verabscheuten die Stillen vom Bergland.

Mary trat ein und trug in der Hand die Sahne, ein Geschenk ihrer Mutter für Mrs. Rodgers. Sie stellte die Sahne auf das Küchenspind und zog sich den Mantel aus. Als sie ihr Kleid sahen, stießen sich die Mädchen mit dem Ellbogen an. In der Küche roch es nach Kuhmist und gebratenen Zwiebeln.

»Wo ist Mrs. Rodgers?« fragte Mary.

»Bedient«, antwortete Doris mit frecher Stimme, wie wenn das jeder Dummkopf wissen müßte. Am Tisch saßen zwei alte Männer und aßen.

»Ich kann nicht kauen, hab keine Zähne mehr«, sagte der eine Mann zu Doris. »'s ist so zäh wie Leder!« sagte er und hielt ihr seinen Teller mit dem verbrannten Beefsteak hin. Er hatte wasserhelle Augen und blinzelte kindisch. Ob es stimmte, überlegte Mary, daß die Augen mit dem Alter blasser wurden – wie Waldhyazinthen in einem Glas?

»Dafür können Sie mir nichts abverlangen«, sagte der alte Mann zu Doris. Tee und Beefsteak kosteten im Commercial Hotel fünf Shilling.

»Das Kauen tut Ihnen aber gut!« verspottete ihn Eithne Duggan.

»Mit dem Zahnfleisch kann ich nicht kauen«, wiederholte er, und die beiden Mädchen begannen zu kichern. Der alte Mann schien befriedigt, weil er sie zum Lachen gebracht hatte, und schloß den Mund und kaute ein-, zweimal auf einem Stück Brot herum, auf frischem Brot aus dem Laden. Eithne Duggan lachte so sehr, daß sie sich ein Geschirrtuch zwischen die Zähne stecken mußte.

Mary hängte ihren Mantel auf und ging in den Laden hinüber. Mrs. Rodgers trat hinter der Theke hervor, um einen Augenblick mit ihr zu sprechen.

»Mary, ich bin froh, daß du gekommen bist! Das Pärchen in der Küche nützt mir rein gar nichts – immerzu kichern sie! Zuallererst muß also oben das Zimmer ausgeräumt werden. Alles muß raus – bis auf das Klavier. Heute abend soll getanzt werden.«

Mary begriff sofort, daß sie zum Arbeiten herbestellt worden war, und vor Schreck und Enttäuschung wurde sie rot.

»Schiebe einfach alles ins hintere Schlafzimmer, den ganzen Kram!« sagte Mrs. Rodgers, während Mary an ihr gutes schwarzes Spitzenkleid dachte und daß ihre Mutter ihr nicht einmal erlaubte, es sonntags zur Messe anzuziehen.

»Und dann muß die Gans gefüllt werden und in den Ofen!« fuhr Mrs. Rodgers fort und erklärte, die Party sei zu Ehren des hiesigen Zoll- und Steuerbeamten, der sich pensionieren ließ, weil seine Frau bei den Sweepstakes Geld gewonnen hatte. Zweitausend Pfund. Seine Frau wohnte dreißig Meilen von hier, noch weiter als Limerick, deshalb übernachtete er von Montag bis Freitag im Commercial Hotel und kehrte nur übers Wochenende heim.

»Jemand erwartet mich hier«, sagte Mary und zitterte vor Freude, weil sie nun seinen Namen von jemand anders hören würde. Sie überlegte, welches wohl sein Zimmer sein könnte und ob er etwa gerade zu Hause war. In Gedanken war sie schon die morsche Treppe hinaufgestiegen und hatte an seine Zimmertür geklopft und hörte ihn drin umhergehen.

»Wer erwartet dich hier?« fragte Mrs. Rodgers und sah einen Augenblick verdutzt aus. »Ach so, der Mann vom Steinbruch – ja, der hat sich nach dir erkundigt! Er sagt, er hätte dich mal beim Tanz gesehen. Der ist so närrisch wie zwei linke Schuhe.«

»Was für ein Mann?« flüsterte Mary und spürte, wie alle Freude aus ihrem Herzen sickerte.

»Ach, wie heißt er doch schnell?« sagte Mrs. Rodgers und wandte sich schon den Männern mit den leeren Gläsern zu, die laut nach ihr riefen. »Ja, ja, ich komme.«

Doris und Eithne halfen Mary, die schweren Möbelstücke im oberen Stock zu verschieben. Sie zerrten die Anrichte über den Flur, und die eine Fußrolle riß das Linoleum auf. Sie keuchte, weil sie das schwerere Ende hatte, und die andern beiden waren auf der gleichen Seite. Sie ahnte, daß sie es absichtlich machten; sie aßen Bonbons, ohne ihr welche anzubieten, und sie ertappte sie dabei, wie sie über ihr Kleid lachten. Auch wegen des Kleides machte sie sich Sorgen: wenn sich ein Fädchen von der Spitze in einem absplitternden Stück Holz oder an einem Bierfaß verfing, würde sie sich am nächsten Morgen nicht nach Hause getrauen. Sie trugen eine polierte Bambus-Etagere hinaus, einen kleinen Tisch, Nippsachen und einen Nachttopf ohne Henkel, in dem ein paar verwelkte Hortensien standen. Sie rochen scheußlich.

»Wieviel kostet das Hündchen im Fenster, ja, das mit dem Wackelschwanz?« sang Doris O'Beirne einem weißen Porzellanhund vor und versicherte, die ganze Bude enthielte nicht für zehn Pfund Möbel.

»Läßt du deine Lockenwickel drin, bis es losgeht, Dot?« fragte Eithne Duggan ihre Freundin.

»Ja, klar«, erwiderte Doris O'Beirne. Sie hatte lauter verschiedene Lockenwickel im Haar: weiße Pfeifenputzer, Metall-Clips und rosa Plastikwickel. Eithne hatte die ihren gerade herausgenommen, und nun stand ihr das blondgefärbte Haar kraus und wirr um den Kopf. Sie erinnerte Mary an eine mausernde Henne, die zu fliehen versucht. Mit ihren Schielaugen, den krummen Zähnen und dem schiefen Mund sah das unglückliche Ding weiß Gott wie verkehrt zusammengesetzt aus. So was war eben Glückssache.

»Hier, bring die weg!« sagte Doris und gab Mary ganze Bündel vergilbter Rechnungen, die auf Spießen steckten.

Tu dies! Tu das! Sie kommandierten sie herum wie ein Dienstmädchen. Sie begann Staub zu wischen und staubte das Klavier oben und an den Seiten ab, auch die schwarzen und gelben Tasten, dann die Fußleisten und die Täfelung. Der Staub, der überall lag, war infolge der Feuchtigkeit im Zimmer zu einer harten Schicht geworden. Eine Party! Sie hätte ebensogut zu Hause bleiben können, dort hatten sie wenigstens sauberen Dreck, wie er von Kälbern und Schweinen und dergleichen herrührte.

Doris und Eithne vergnügten sich auf ihre Art: sie schlugen ein paar Klaviertasten an und wanderten von einem Spiegel zum andern. Es hingen zwei Spiegel im Zimmer, und auf dem zusammenlegbaren Kaminschirm war auch ein stockfleckiger Spiegel.

»Was ist denn da los?« riefen Doris und Eithne plötzlich, als sie unten Lärm hörten. Sie stürzten auf den Flur, um zu sehen, was es war, und Mary folgte ihnen. Sie lehnten sich übers Geländer und sahen, daß ein junger Stier zur Haustür hereingekommen war und nun über den Fliesenboden schlitterte und einen Ausweg suchte.

»Ärgere ihn ja nicht!« rief der zahnlose Alte dem Jungen zu, der den schwarzen Stier hinausscheuchen wollte. Zwei andre Jungen wetteten, ob der Stier etwas auf dem Flur hinterlassen würde, als Mrs. Rodgers aus dem Schankraum trat und vor Schreck ein Glas Porter fallen ließ. Das Tier drängte rückwärts zur Haustür hinaus, wie es hereingekommen war, und schüttelte den schweren Kopf.

Eithne und Doris krümmten sich vor Lachen, doch dann stahl Doris sich fort, damit keiner von den Burschen sie mit ihren Lockenwicklern sähe und verspottete. Mary war niedergeschlagen ins Zimmer zurückgekehrt. Müde schob sie die Stühle an die Wand und fegte den Linoleumfußboden, auf dem später getanzt werden sollte.

»Jetzt heult sie«, erzählte Eithne Duggan ihrer Freundin Doris. Sie hatten sich mit einer Flasche Apfelwein im Badezimmer eingeschlossen.

»In dem Kleid sieht sie richtig idiotisch aus«, sagte Doris. »Und wie lang es ist!«

»Es gehört ihrer Mutter«, erwiderte Eithne. Kurz davor, als Doris nicht dabei war, hatte sie das Kleid bewundert und Mary gefragt, wo sie es gekauft hätte.

»Und warum heult sie jetzt?« verwunderte sich Doris mit lauter Stimme.

»Sie hatte geglaubt, ein junger Mann wäre hier. Weißt du noch – der Mann, der vorletzten Sommer hier gewohnt hat und 'n Motorrad hatte?«

»Das war 'n Jude«, entgegnete Doris. »Man konnt's an seiner Nase sehen. Meine Güte, den hätt sie umgebracht mit ihrem Kleid: er hätte geglaubt, sie wär 'ne Vogelscheuche.« Sie drückte sich einen Mitesser auf dem Kinn aus, drehte einen Lockenwickel fest, der sich lösen wollte, und sagte: »Ihr Haar hat keine natürlichen Wellen, man kann sehen, daß sie's eingeflochten hatte.«

»Schwarzes Haar kann ich nicht ausstehen, es ist das reinste Zigeunerhaar«, sagte Eithne und trank den Rest Apfelwein. Sie versteckten die leere Flasche unter der angestoßenen Badewanne.

»Hier hast du 'n Cachou-Bonbon, 's nimmt den Alkoholgeruch!« sagte Doris und hauchte auf den Badezimmerspiegel. Sie fragte sich, ob sie wohl den jungen O'Toole aus dem Steinbruch erobern könnte, der auch zur Party kam.

Mary stand im Vorderzimmer und polierte Gläser. Die Tränen liefen ihr über die Wangen, deshalb schaltete sie das Licht nicht an. Sie konnte sich vorstellen, wie die Party verlaufen würde: alle würden dastehen und die Gans verspeisen, die jetzt im Torfherd briet. Die Männer würden betrunken sein, und die Mädchen würden kichern. Nach dem Essen würden sie tanzen und singen und Spukgeschichten erzählen, und morgen mußte sie früh aufstehen und rechtzeitig zu Hause sein, um zu melken. Mit einem Glas in der Hand trat sie an die dunkle Fensterscheibe, blickte auf die besudelten Straßen hinaus und erinnerte sich, wie sie einmal mit John oben auf der Bergstraße getanzt hatte, ohne irgendwelche Musik, nur mit pochendem Herzen und zu ihrer Freude.

Er war an jenem Sommertag zum Essen zu ihnen ins Haus gekommen, und weil ihr Vater es so vorgeschlagen hatte, blieb er vier Tage bei ihnen und half beim Heuen und ölte die landwirtschaftlichen Maschinen. Er verstand etwas von Maschinen. Er konnte auch Türklinken befestigen, die heruntergefallen waren. Mary machte ihm morgens das Bett, und abends trug sie einen Krug mit Wasser von der Regentonne hinauf, damit er sich waschen konnte. Sie wusch ihm das karierte Hemd, das er trug, und am selben Tag schälte sich sein nackter Rücken vom Sonnenbrand. Sie hatte Milch draufgetan. Es war sein letzter Tag bei ihnen gewesen. Nach dem Abendbrot schlug er vor, jedes von den größeren Kindern ein Stückchen auf seinem Motorrad fahren zu lassen. Sie kam als letzte an die Reihe; sie glaubte, daß er es absichtlich so eingerichtet hatte, aber es konnte auch sein, daß ihre Brüder sich vorgedrängt hatten und die ersten sein wollten. Die Fahrt würde sie nie vergessen! Vor Staunen und vor Freude wurde ihr ganz warm ums Herz. Er lobte sie, weil sie so gut das Gleichgewicht hielt, und ein paarmal nahm er die eine Hand vom Griff und tätschelte beruhigend ihre sich anklammernden Hände. Die Sonne sank, und die Ginsterblüten loderten golden. Ein langes Stück sprachen sie überhaupt nicht; sie umfing seinen Körper, behutsam und innig wie ein verliebtes Mädchen, und wie weit sie auch fahren mochten, immer war es, als führen sie in goldenen Nebel hinein. Er sah den See so herrlich, wie er selten war. Nach fünf Meilen, bei der Brücke, stiegen sie ab und setzten sich auf das mit Moos und Flechten gepolsterte Steinmäuerchen. Sie zog ihm einen Holzbock aus der Haut am Nakken und strich über die Stelle, wo der Holzbock ein Pünktchen Blut gesaugt hatte; und dann tanzten sie. Beim Gesang der Lerchen und der rieselnden Wasser. Das Heu lag grün und in Schwaden auf den Wiesen ausgebreitet, und die Luft war voll von dem süßen Geruch. Sie tanzten.

»Süße Mary!« sagte er und blickte ihr ernst in die Augen. Ihre Augen waren grünlichbraun. Er gestand ihr, daß er sie nicht lieben könne, weil er schon seine Frau und seine Kinder liebe. Und jedenfalls sagte er: »Du bist zu jung und zu unschuldig.«

Am nächsten Tag, als er fortging, fragte er, ob er ihr etwas mit der Post schicken dürfe, und elf Tage später kam es an: eine schwarzweiße Zeichnung von ihr, sehr ähnlich, nur war das Mädchen auf dem Bild häßlicher.

»So ein Unsinn«, sagte ihre Mutter, die ein goldenes Armband oder eine Brosche erwartet hatte. »Was sollst du schon damit anfangen!«

Sie hängten es in der Küche an einen Nagel, und dort hing es eine Weile, und es fiel dann eines Tages herunter, und jemand (wahrscheinlich ihre Mutter) benutzte es, um Kehricht zusammenzufegen, und seither wurde es ständig dafür benutzt. Mary hätte es gern behalten, sie hätte es in einem Kasten aufbewahrt, aber sie schämte sich. Die Bergleute waren harte Menschen, und nur, wenn jemand starb, ließen sie ihren Gefühlen freien Lauf und weinten.

»Süße Mary!« hatte er gesagt. Er schrieb nie. Zwei Sommer gingen drüber hin, der Fingerhut hatte zwei Sommer geblüht, Distelsamen segelte mit dem Wind, die Bäume in der Forstbaumschule waren einen halben Meter gewachsen. Sie hatte eine leise Hoffnung, daß er wiederkäme, und eine nagende Angst, daß er nicht käme.

»Oh, mit dem Regen ist's aus und vorbei, aus und vorbei . . .«, sang Brogan, dessen Abschieds-Party es war, im oberen Zimmer des Commercial Hotels. Er knöpfte sich die braune Weste auf, lehnte sich an und sagte, es sei alles sehr schön angerichtet. Sie hatten die Gans auf einer großen Platte nach oben getragen, und nun stand sie in der Mitte des Mahagonitisches, und die Kartoffelfüllung quoll heraus. Würstchen waren auch da, die polierten Gläser waren noch umgestülpt, und jeder konnte sich Teller und Gabeln nehmen.

»Ein Gabel-Picknick«, nannte es Mrs. Rodgers. Sie hatte in der Zeitung darüber gelesen; in den eleganten Familien Dublins war es jetzt große Mode, dieses Gabel-Picknick, wo jeder sich sein Essen holen mußte und nur mit einer Gabel aß. Mary hatte Messer gebracht, für den Fall, daß jemand Mühe hatte.

»Wie in Amerika«, sagte Hickey und warf Torf auf das schwelende Feuer.

Die Tür zum Schankraum unten wurde verriegelt und die Fensterläden eingehakt, während die acht Gäste oben zuschauten, wie Mrs. Rodgers die Gans zerlegte und dann die losen Stücke mit den Fingern abriß. Immer wieder mußte sie die Finger an einem Teetuch abwischen.

»Hier, Mary, gib das mal Mr. Brogan, weil er der Ehrengast ist!« Mr. Brogan bekam eine Menge von der Brust und auch knusprige Haut.

»Vergiß die Würstchen nicht, Mary!« rief Mrs. Rodgers. Mary mußte alles machen: das Essen herumreichen, von der Füllung anbieten und die Gäste fragen, ob sie Porzellan- oder Pappteller wollten. Mrs. Rodgers hatte Pappteller gekauft, weil sie es für schick hielt.

»Ich könnt ein ganzes Baby fressen«, rief Hickey.

Mary war erstaunt, daß die Leute hier im Ort so derb und gewöhnlich redeten. Als er ihr die Finger drückte, verzog sie keine Miene. Sie wünschte, sie wäre zu Hause. Sie wußte, was sie jetzt zu Hause machten: die Jungen saßen über den Schulaufgaben, ihre Mutter buk einen Laib Vollkornbrot, denn tagsüber war nie Zeit zum Backen, und ihr Vater drehte sich Zigaretten und hielt Selbstgespräche. John hatte ihm beigebracht, wie man Zigaretten dreht, und seither drehte er sich jeden Abend vier und rauchte vier. Er war ein guter Mensch, ihr Vater, aber streng. Eine Stunde später würden sie daheim den Rosenkranz beten und zu Bett gehen; ihr Lebensrhythmus änderte sich nie, das frische Brot war am Morgen stets ausgekühlt.

»Zehn Uhr«, sagte Doris und lauschte auf die Schläge der Standuhr draußen auf dem Gang.

Die Party hatte spät begonnen, die Männer waren vom Hunderennen in Limerick spät zurückgekehrt. Vor lauter Eifer, schnell zur Party zu kommen, hatten sie unterwegs ein Schwein überfahren. Das Schwein war auf der Landstraße herumspaziert, und der Wagen bog um die Ecke und hatte es im Nu überfahren.

»So ein Gequieke hab ich meiner Lebtag noch nie gehört«, erzählte Hickey und langte sich einen Flügel, das leckerste Stück.

»Wir hätten's mitnehmen sollen«, sagte Michael O'Toole. O'Toole arbeitete im Steinbruch und verstand nichts von Schweinen und Landwirtschaft; er war groß und mager und knochig. Seine Augen waren grell grün, und sein Gesicht erinnerte an einen Greyhound; sein Haar war so goldblond, daß es wie gefärbt wirkte, aber es war vom Wetter gebleicht. Keiner hatte ihm etwas zu essen angeboten.

»Feine Art, 'n Menschen zu behandeln!« sagte er.

»Meine Güte, Mary, hast du Mr. O'Toole noch nichts zu essen gegeben?« rief Mrs. Rodgers und stieß Mary in den Rücken, damit sie sich beeilte. Mary brachte ihm auf einem Pappteller eine große Portion, und er dankte ihr und sagte, daß sie später zusammen tanzen wollten. Ihm erschien Mary viel hübscher als die beiden nichtsnutzigen Dorfmädchen; sie war groß und schlank wie er auch; sie hatte lange schwarze Haare, was manche Leute vielleicht schlampig fanden, er jedoch nicht: er liebte langes, offenes Haar und einfache Mädchen; vielleicht konnte er sie nachher überreden, mit ihm in eins von den andern Zimmern zu gehen, da konnten sie's miteinander haben. Sie hatte komische Augen; wenn man richtig hineinsah, waren sie braun und tief wie ein verflixtes Moorloch.

»Wünsch dir was!« sagte er zu ihr und hielt den Wunschknochen hoch. Sie wünschte sich, in einem Flugzeug nach Amerika zu reisen, doch wenn sie's richtig überlegte, wollte sie lieber einen Haufen Geld gewinnen und ihrem Vater und ihrer Mutter ein großes Haus in der Nähe der Hauptstraße unten kaufen.

»Ist das Ihr Bruder, der in Australien Bischof ist?« erkundigte sich Eithne Duggan bei Mrs. Rodgers, obwohl sie wußte, daß das über dem Kamin hängende schlaffe Gesicht des Geistlichen dem Bruder von Mrs. Rodgers gehörte. Vorhin hatte Mary, ohne es zu wollen, ein ›J‹ in den Staub des Glases gezogen, und jetzt schien jedermann es anzuschauen und zu wissen, wie es dort hingekommen war.

»Ja, das ist er, der arme Charlie«, erklärte Mrs. Rodgers stolz und wollte gerade mehr über ihn erzählen, aber Brogan begann plötzlich zu singen.

»Laßt ihn doch singen!« brachte O'Toole die beiden Mädchen zum Schweigen, die sich in einen Lehnstuhl teilten und sich über den Stuhl lustig machten: die Sprungfedern waren durchgesackt, und die Mädchen behaupteten, das ganze Ding könne jeden Augenblick zusammenkrachen.

Mary zitterte in ihrem Spitzenkleid. Die Luft war kalt und feucht, obwohl Hickey jetzt ein schönes Feuer brennen hatte. Seit dem Tage, an dem sich De Valera hier ins Gästebuch eintrug, hatte nie mehr ein Feuer den Raum durchwärmt.

Als Brogan sein Lied beendet hatte, fragte O'Toole, ob nicht eine von den Damen singen wolle. Es waren insgesamt fünf: Mrs. Rodgers, Mary, Doris, Eithne und Crystal O'Meara, die Friseuse des Dorfs, die eine neue rote Spülung für ihr Haar ausprobiert hatte und ständig darauf hinwies, daß das Essen eigentlich zu schwer für sie sei. Die Gans war fett und nicht gar; es grauste ihr vor dem rohen rötlichen Fleisch. Sie liebte delikate Sächlein: kleine Happen kaltes Brathuhn mit süßsauren Gürkchen. Ihr Taufname lautete Carmel, doch seit sie das Friseurgeschäft eröffnet hatte, nannte sie sich Crystal und färbte sich ihr braunes Haar rot.

»Sicher kannst du gut singen!« wandte sich O'Toole an Mary.

»Wo die herkommt, können die Leute kaum sprechen«, sagte Doris.

Mary spürte, wie ihr das Blut in die blassen Wangen schoß. Sie wollte es ihnen nicht erzählen, daß ihres Vaters Name einmal sogar in der Zeitung erschienen war, weil er in der Forstbaumschule einen Edelmarder gesehen hatte, und daß sie zu Hause mit Messer und Gabel aßen und eine Plastikdecke auf dem Küchentisch liegen hatten, und im Schrank stand eine Büchse mit Kaffee, falls Fremde des Wegs kamen. Nein, sie würde ihnen gar nichts erzählen. Sie ließ nur den Kopf hängen und deutete damit an, daß sie nicht singen wollte.

O'Toole legte die Platte ›Im fernen Australien‹ auf – zu Ehren des Bischofs. Mrs. Rodgers hatte darum gebeten. Das Trichtergrammophon krächzte und kratzte, und Brogan sagte, da könne er es aber besser.

»Lieber Himmel, wir haben die Suppe vergessen!« rief Mrs. Rodgers plötzlich, warf ihre Gabel hin und lief zur Tür hinaus. Es war eigentlich vorgesehen, mit der Suppe anzufangen.

»Ich helfe Ihnen!« erbot sich Doris O'Beirne und setzte sich zum erstenmal an diesem Abend in Bewegung. Beide gingen in die Küche hinunter, um die Suppe mit dem dunklen Gänseklein zu holen, die den ganzen Tag hinten auf dem Herd gesimmert hatte.

»Jetzt sind von jedem Herrn zwei Pfund erwünscht«, sagte O'Toole und benutzte Mrs. Rodgers' Abwesenheit, um die heikle Geldfrage zu regeln. Die Herren hatten beschlossen, jeder zwei Pfund zu zahlen und damit die Kosten für die Getränke zu bestreiten; die Damen brauchten nichts zu zahlen, denn sie waren eingeladen worden, um der Party eine fröhliche und dekorative Note zu verleihen, und natürlich auch, um zu helfen.

O'Toole ging herum und hielt jedem die

Mütze unter die Nase, und Brogan meinte, da es ›seine Party‹ sei, sollte er wohl einen Fünfer geben.

»Ich sollte einen Fünfer geben, aber das werdet ihr ja nicht annehmen«, sagte er und gab zwei Pfund. Auch Hickey zahlte, und dann O'Toole, und schließlich Salmon, genannt der Lange John, der bisher der stummste Gast gewesen war. O'Toole überreichte Mrs. Rodgers das Geld, als sie zurückkam, und bat sie, es gegen die Schäden zu verrechnen.

»Oh«, sagte sie, »das ist wirklich zu nett«, und sie stopfte die Scheine hinter die ausgestopfte Eule auf dem Kaminsims, unter das wachsame Auge des Bischofs.

Die Suppe war in Tassen angerichtet, und Mary wurde aufgefordert, sie herumzureichen. Auf jeder Tasse schwamm das Fett wie Klümpchen geschmolzenen Goldes.

»Auf bald, mein Kind«, sagte Hickey, als sie ihm seine Tasse gab; dann bat er sie um ein Stück Brot, weil er an Suppe ohne Brot nicht gewöhnt sei.

»Erzählen Sie doch mal, Brogan«, forderte Hickey seinen reichen Freund auf, »was wollen Sie mit all dem Geld machen, das Sie gewonnen haben?«

»Ach ja, erzählen Sie mal!« rief Doris O'Beirne.

»Oh«, erwiderte Brogan nach kurzem Nachdenken, »wir wollen unser Haus etwas anders einrichten.« Keiner von den Anwesenden hatte jemals Brogans Haus gesehen, denn es lag dreißig Meilen entfernt, jenseits Limerick, in Adare. Auch seine Frau hatte keiner gesehen. Sie wohnte anscheinend immer dort und hielt sich Bienen.

»Wie denn, anders?« fragte jemand.

»Wir wollen den Salon neu möblieren, und dann wollen wir Blumenbeete anlegen.«

»Und was sonst noch?« fragte Crystal und dachte an all die entzückenden Kleider, die man sich von dem Geld kaufen konnte – Kleider und Schmuck.

»Ach«, sagte Brogan und dachte wieder nach, »vielleicht machen wir sogar 'ne Pilgerfahrt nach Lourdes. Es ist noch unsicher. Wir müssen mal sehen.«

»Ich gäbe meine beiden Augen drum, wenn ich nach Lourdes könnte!« rief Mrs. Rodgers.

»Und Sie bekämen Sie zurück, wenn Sie in Lourdes sind«, sagte Hickey, aber niemand achtete auf ihn.

O'Toole schenkte vier Glas Whisky ein und trat dann zurück, um zu prüfen, ob er jedem gleichviel gegeben hatte. Die Männer waren immer sehr besorgt, ob sie beim Whisky nicht benachteiligt wurden. Danach stellte O'Toole

Flaschen mit dunklem Bier in kleinen Gruppen von je sechs Stück auf und zeigte jedem Herrn, welches seine Portion sei. Die Damen bekamen Gin mit Orangensaft.

»Für mich nur Orangensaft«, rief Mary, aber O'Toole sagte ihr, sie solle nicht so brav tun, und als sie ihm den Rücken drehte, goß er ihr etwas Gin ins Glas.

Sie tranken auf Brogans Wohl.

»Und auf Lourdes!« sagte Mrs. Rodgers.

»Auf Brogan!« sagte O'Toole.

»Auf mich!« sagte Hickey.

»Kannst mich gernhaben!« sagte Doris O'Beirne, die schon etwas beschwipst war, weil sie vorher den Apfelwein getrunken hatte.

»Es ist wirklich noch nicht ganz sicher wegen Lourdes«, sagte Brogan, »aber den Salon wollen wir bestimmt neu einrichten lassen, und Blumenbeete legen wir auch an.«

»Wir haben hier auch 'n Salon«, sagte Mrs. Rodgers, »aber keiner setzt je 'n Fuß in den Salon!«

»Komm mit in den Salon, mein Schatz«, sang O'Toole, zu Mary gewandt, die den Nachtisch herumreichte: Weingelee in einer großen Emailleschüssel. Sie hatten keine Porzellanschüssel dafür gehabt. Es war rotes Gelee mit untergezogenem Eischnee, aber es war nicht gut geraten, weil beides sich geschieden hatte. Sie aßen es von Untertassen, und Mary wunderte sich, wie gewöhnlich alles war. Es lag auch kein gutes Tischtuch auf dem Tisch, nur eins aus Plastik, und keine Servietten. Und nun noch das große Becken mit dem Gelee! Vielleicht diente es den Leuten unten sonst als Waschschüssel.

»Kann denn keiner 'n netten Witz erzählen?« sagte Hickey, der es leid war, noch länger von Lourdes und Salons zu hören.

»Ich kann einen Witz erzählen«, meldete sich plötzlich der Lange John und gab sein Schweigen auf.

»Paßt blendend«, sagte Brogan und trank abwechselnd von seinem Whisky und von seinem Bierglas. Es war die beste Methode, falls man mit Genuß trinken wollte. Deshalb liebte er es auch, wenn er sich in den Kneipen seinen Drink selbst bestellen konnte und nicht auf die Knausrigkeit andrer Leute angewiesen war.

»Ist es eine lustige Geschichte?« fragte Hickey.

»Über meinen Bruder«, antwortete der Lange John. »Meinen Bruder Patrick!«

»O Gott, erzähl uns bloß die alte Kiste nicht noch mal«, riefen Hickey und O'Toole einstimmig.

»Doch, doch, er soll sie erzählen«, sagte Mrs. Rodgers, der die Geschichte jedenfalls noch unbekannt war.

Der Lange John begann: »Ich hatte einen Bruder namens Patrick, und er starb. Sein Herz war nicht gesund...«

»O je, o je, die nicht noch mal!« rief nun auch Brogan, der sich erinnerte, welche Geschichte es war.

Aber der Lange John erzählte weiter und kümmerte sich nicht um das Geschimpfe der drei Männer:

»Eines Tages stand ich im Schuppen, ungefähr einen Monat nach der Beerdigung, und da sah ich ihn aus der Mauer kommen und über den Hof gehen.«

»Huh, was würdest du wohl machen, wenn dir so was passierte?« sagte Doris zu Eithne.

»Laßt ihn doch weitererzählen!« tadelte Mrs. Rodgers. »Nur weiter, Langer John!«

»Er kam also auf mich zu, und ich dachte bei mir: ›Was mach ich jetzt?‹ Es regnete sehr stark, deshalb sagte ich zu meinem Bruder Patrick: ›Komm da aus dem Regen raus, sonst wirst du pitschnaß!‹«

»Und dann?« fragte eins von den Mädchen furchtsam.

»Dann war er weg«, sagte der Lange John.

»O Gott, woll'n ein bißchen Musik machen!« rief Hickey, der die Geschichte, die weder Anfang noch Mitte noch Ende hatte, schon neun- oder zehnmal gehört hatte. Sie legten eine Platte auf, und O'Toole bat Mary um einen Tanz. Er erging sich in neumodischen Tanzschritten und Kapriolen, und hin und wieder stieß er ein verrücktes »Ju-huuu!« aus. Brogan und Mrs. Rodgers tanzten ebenfalls, und Crystal sagte, sie würde auch tanzen, wenn jemand sie aufforderte.

»Los, los, hoch das Bein!« sagte O'Toole zu Mary, während er durchs Zimmer sprang und Stuhlbeine wegstieß, die ihm im Wege waren. Es war ihr komisch zumute: in ihrem Kopf ging alles im Kreis herum, und in der Magengrube hatte sie ein lustiges, kitzelndes Gefühl, so daß sie sich am liebsten lang hingelegt und ausgestreckt hätte. Es war ein seltsam neues Gefühl, das ihr bange machte.

»Komm in den Salon, mein Schatz«, sang O'Toole und steuerte sie zur Tür hinaus und auf den kalten Flur, wo er sie tolpatschig küßte.

Crystal O'Meara, die am Tisch saß, hatte inzwischen zu weinen begonnen. Alkohol wirkte immer so auf sie: entweder weinte sie, oder sie sprach mit ausländischem Akzent und fragte jeden: »Warum spreche ich mit ausländischem Akzent?« Diesmal weinte sie also.

»Ach, Hickey, das Leben ist so traurig!« sagte sie und legte den Kopf in ihre auf dem Tisch ruhenden Arme, so daß ihr die Bluse aus dem Miederband rutschte.

»Was heißt hier traurig!« brummte Hickey, der so viel Alkohol hatte, wie er haben wollte, und obendrein eine Pfundnote, die er der Eule stibitzt hatte, als niemand ihn beachtete.

Doris und Eithne saßen rechts und links vom Langen John und fragten ihn, ob sie nächstes Jahr zu ihm kommen dürften, wenn die Honigpflaumen reif waren. Der Lange John lebte allein mitten auf dem Lande und hatte einen großen Obstgarten. Er war ein Einzelgänger und schweigsam von Natur; tagtäglich, ob Winter oder Sommer, schwamm er im Fluß hinter seinem Haus.

»Zwei alte Ehegäule«, sagte Brogan, legte den Arm um Mrs. Rodgers und drängte sie, Platz zu nehmen, denn er war vom Tanzen außer Atem. Er versicherte, daß er die schönsten Erinnerungen an sie alle mitnehmen würde, und dann setzte er sich und zog sie auf seinen Schoß. Sie war eine schwere Frau mit struppigem braunem Haar, das einst aschblond gewesen war.

»Ach, das Leben ist so traurig«, schluchzte Crystal. Das Grammophon kratzte, und Mary kam vom Flur ins Zimmer gerannt, auf der Flucht vor O'Toole.

»Heh«, rief O'Toole, »mir ist's ernst!« Er blinzelte.

O'Toole war der erste, der streitsüchtig wurde.

»Und jetzt, meine Damen und Herren, eine lustige Geschichte! Ist wer dagegen?« fragte er.

»Schieß los!« sagte Hickey.

»Es waren also mal drei Männer, Paddy der Ire, Paddy der Engländer und Paddy der Schotte, und jeder von ihnen brauchte ganz dringend eine ...«

»Halt! Keine Schweinerei!« rief Mrs. Rodgers, noch ehe er ein schlimmes Wort geäußert hatte.

»Was heißt hier Schweinerei?« murrte O'Toole und war beleidigt. »Schweinerei!«

»Denken Sie doch an die Mädchen!« warnte Mrs. Rodgers.

»Mädchen?« höhnte O'Toole, nahm die Flasche mit Sahne, die sie zum Gelee benutzen wollten und vergessen hatten, und goß den Inhalt ins abgenagte Gerippe der Gans.

»Herrgott noch mal, Mann!« schalt Hickey und nahm O'Toole die Sahneflasche weg.

Mrs. Rodgers sagte, es sei höchste Zeit, daß jeder zu Bett ginge, denn die Party wäre offensichtlich zu Ende.

Die Gäste sollten im Commercial übernachten. Jedenfalls war es zu spät, jetzt noch nach Hause zu gehen. Und Mrs. Rodgers wollte auch nicht, daß man sie um diese Stunde torkelnd aus ihrem Haus kommen sah. Die Polizisten beobachteten sie mit Falkenaugen, sagte sie, und sie wolle keine Unannehmlichkeiten, wenigstens nicht vor Weihnachten. Das Übernachtungsproblem war schon vorher geregelt worden. Drei leere Schlafzimmer waren vorhanden. Brogan schlief in seinem Zimmer, in dem er während der Woche stets wohnte; die drei andern Männer mußten sich in das große Doppelschlafzimmer teilen, und die Mädchen sollten ins hintere Schlafzimmer gestopft werden – zusammen mit Mrs. Rodgers.

»Zu Bett, zu Bett, Schlafenszeit!« rief Mrs. Rodgers, stellte den Funkenschirm vors Feuer und holte das Geld hinter der Eule hervor.

»Noch Zucker drüber«, sagte O'Toole und leerte eine Flasche Bier ins Gänsegerippe. Der Lange John wünschte, er wäre überhaupt nicht gekommen. Er dachte ans Frühlicht und an das Schwimmen im Bergbach hinter seinem grauen Steinhaus.

»Ablution!« sagte er laut und genoß das Wort im Gedanken an die Reinwaschung im kalten Bergwasser. Er konnte ohne Menschen leben, Menschen waren Zeitverschwendung. Er dachte an die Weidenkätzchen auf der Salweide vor seinem Fenster, Kätzchen im Februar, weiß wie Schnee. Wer brauchte da Menschen?

»Crystal, rühr dich«, sagte Hickey, als er ihr die Schuhe auszog und die Waden tätschelte.

Brogan küßte die vier Mädchen und brachte sie über den Flur bis vors Schlafzimmer. Mary war froh, O'Toole zu entschlüpfen, ohne daß er es merkte; er war sehr hartnäckig, und Hickey versuchte ihn zu besänftigen.

Im Schlafzimmer stieß sie einen Seufzer aus: sie hatte die Möbel vergessen, die sie dort abgestellt hatte. Müde begann sie, alles zusammenzurücken. Das Zimmer war so vollgepfercht, daß sie sich kaum rühren konnten. Plötzlich war Mary hellwach und erschrocken, weil sie O'Toole auf dem oberen Flur kreischen und singen hörte. In ihrem Orangensaft war Gin gewesen, sie wußte es jetzt, weil sie in ihre Handmuschel hauchte und ihren Atem riechen konnte. Sie hatte ihr Einsegnungsgelübde gebrochen, ihr Versprechen gebrochen – das brachte ihr Unglück.

Mrs. Rodgers kam herein und sagte, für fünf wäre nicht genug Platz im Bett, sie wolle die eine Nacht auf dem Sofa draußen schlafen.

»Zwei am Kopfende und zwei am Fußende«, sagte sie und ermahnte die Mädchen, keine Nippsachen zu zerbrechen und nicht die ganze Nacht hindurch zu schwatzen.

»Gute Nacht, *God bless*«, sagte sie und schloß die Tür.

»Was die sich einbildet, uns hier alle so reinzuzwängen«, sagte Doris O'Beirne. »Möcht mal wissen, wo die schläft!«

»Leihst du mir deine Lockenwickel?« bat Crystal. Für Crystal waren die Haare das Wichtigste im Leben. Sie würde nie heiraten, weil man dann keine Lockenwickel im Bett tragen konnte. Eithne Duggan sagte, sie würde ihr Haar nicht mehr aufdrehen, und wenn man ihr fünf Millionen gäbe; sie sei vollkommen erledigt. Sie warf sich auf die Steppdecke und schleuderte die Arme von sich. Sie war ein lautes Ding und schwitzte, aber Mary konnte sie besser leiden als die beiden andern.

»Hoho, mein kleiner Zuckerhase!« sagte O'Toole und stemmte die Tür auf. Die Mädchen schrien und forderten ihn auf, sofort hinauszugehen, da sie sich auszögen.

»Komm in den Salon, mein Schatz«, grölte er und winkte Mary mit gekrümmtem Zeigefinger. Er war betrunken und konnte sie nicht erkennen, aber er wußte, daß sie irgendwo stehen mußte.

»Gehn Sie zu Bett, Sie sind ja betrunken«, schalt Doris O'Beirne, und er stand einen Augenblick kerzengerade da und sagte, sie solle sich an ihre eigene Nase fassen.

»Gehn Sie zu Bett, Michael, Sie sind müde«, bat Mary. Sie bemühte sich, ruhig zu sprechen, weil er so wild aussah.

»Komm in den Salon, sag ich dir«, erwiderte er, haschte nach ihrem Handgelenk und zerrte sie zur Tür. Sie stieß einen Schrei aus, und Eithne Duggan drohte, sie würde ihm den Schädel einschlagen, wenn er Mary nicht in Ruhe ließe.

»Gib mir den Blumentopf her, Doris!« rief Eithne Duggan, und daraufhin begann Mary zu weinen – aus Angst, es käme zu einem Krach. Sie verabscheute jeden Streit. Einmal hatte sie mit angehört, wie ihr Vater und ein Nachbar sich wegen der Grenze gestritten hatten, und das hatte sie nie vergessen. Sie waren beide ein bißchen betrunken – es war nach einem Jahrmarkt gewesen.

»Bist du übergeschnappt, oder bist du wütend?« sagte O'Toole, als er sie weinen sah.

»Ich geb Ihnen zwei Sekunden«, warnte Eithne mit hocherhobenem Blumentopf, bereit, ihn in O'Tooles verdutztes Gesicht zu schleudern.

»Ihr seid mir 'ne schöne Bande von hartherzigen alten Ziegen, Ziegen«, rief er. »Wollt 'nem armen Mann nicht mal 'n paar Drückers gönnen!« verwünschte er jede einzelne und ging.

Sie schlossen ganz rasch die Tür und zogen die Anrichte davor, damit er sie nicht im Schlaf überraschen könne.

Sie legten sich hin, ohne die Unterwäsche auszuziehen. Mary und Eithne schliefen am Kopfende, und Crystals Füße steckten zwischen ihren Gesichtern.

»Du hast schönes Haar«, flüsterte Eithne zu Mary hinüber. Es war das Netteste, das ihr in den Sinn kam. Beide beteten, gaben sich unter der Bettdecke die Hand und drehten sich zum Schlafen um.

»Hui«, rief Doris nach ein paar Sekunden, »ich war gar nicht auf'm Klo!«

»Jetzt kannst du nicht hin«, flüsterte Eithne, »die Anrichte steht ja vor der Tür.«

»Ich platze, wenn ich nicht gehe«, sagte Doris O'Beirne.

»Ich auch – nach all dem Orangensaft, den wir getrunken haben!« jammerte Crystal. Mary war entsetzt, daß sie so redeten. Zu Hause sprach man nie über so etwas, man ging einfach hinter die Hecke, und fertig. Einmal hatte ein Arbeiter sie hocken gesehen, und von dem Tage an sprach sie kein Wort mehr mit ihm und tat so, als kennte sie ihn nicht.

»Vielleicht können wir den alten Topf benutzen«, schlug Doris O'Beirne vor, und Eithne Duggan richtete sich auf und sagte, wenn jemand hier einen Topf benutzen würde, dann könnte sie nicht in dem Zimmer schlafen.

»Etwas müssen wir ja benutzen«, sagte Doris. Sie war mittlerweile aufgestanden und hatte das Licht angeschaltet. Sie hob den Topf gegen die elektrische Birne und sah, wie ihr schien, ein Loch im Topf.

»Versuch's doch!« kicherte Crystal.

Sie hörten Schritte auf dem oberen Flur und dann Würgen und Husten; O'Toole schimpfte und fluchte und schlug mit der Faust gegen die Wand. Mary rollte sich unter der Decke zusammen und war froh, bei den Mädchen zu sein. Sie hörten auf zu sprechen.

»Ich war bei einer Party. Jetzt weiß ich, wie's auf einer Party zugeht«, sagte sie vor sich hin und zwang sich einzuschlafen. Sie hörte ein Geräusch wie von plätscherndem Wasser, und doch schien es draußen nicht zu regnen. Später duselte sie ein, aber bei Morgengrauen hörte sie die Haustür ins Schloß fallen und fuhr heftig hoch. Sie mußte zum Melken früh zu Hause sein, deshalb stand sie auf, nahm ihre Schuhe und das Spitzenkleid und schob die Anrichte beiseite. Sie öffnete die Tür nur einen Spalt breit und glitt hinaus.

Auf dem Flur und im Waschraum lagen überall Zeitungen verstreut, und ein schwerer Geruch hing in der Luft. Unten sah sie, daß aus dem Schankraum Bier auf den Flur geflossen war. Jemand – vermutlich O'Toole – hatte die Hähne an den fünf Porterfässern aufgedreht, und der Steinfußboden der Bar und der tiefer gelegene Gang draußen schwammen in dunklem Bier. Mrs. Rodgers würde einen furchtbaren Wutanfall bekommen. Mary stieg in ihre hochhackigen Schuhe und stelzte vorsichtig durch den Schankraum zur Tür. Sie brach auf, ohne sich auch nur eine Tasse Tee zu machen.

Draußen führte sie ihr Fahrrad aus der Seitengasse auf die Straße. Der Vorderreifen war völlig platt. Sie pumpte zehn Minuten lang, aber er blieb platt.

Der Reif lag zauberhaft auf der Straße, auf den schlafenden Fenstern und auf den Schieferdächern der engbrüstigen Häuser. Er hatte die vom Dung besudelte Straße magisch verwandelt: sie war weiß und rein. Mary fühlte sich nicht übermüdet; sie war froh, draußen zu sein, und, noch halb benommen vom fehlenden Schlaf, atmete sie die Schönheit des Morgens ein. Sie schritt munter aus, und manchmal drehte sie sich um und betrachtete die Spur, die ihre Füße und ihr Fahrrad auf der weißen Straße hinterließen.

Mrs. Rodgers wachte um acht Uhr auf und taumelte in ihrem weiten Nachthemd aus Brogans warmem Bett. Sie witterte sofort Unheil und lief hastig die Treppe hinunter, wo sie im Schankraum und im Gang den Biersee entdeckte. Dann lief sie wieder hinauf und weckte die andern.

»Alles voll Bier! Jeder Tropfen Alkohol, den ich hatte, schwimmt auf dem Fußboden, heilige Mutter Gottes, steh mir bei in meiner Trübsal! Steht auf! Steht auf!« Sie klopfte an die Tür und rief die Mädchen bei Namen.

Die Mädchen rieben sich schlaftrunken die Augen, gähnten und richteten sich auf.

»Sie ist weg«, sagte Eithne und blickte auf das Kissen, auf dem Marys Kopf gelegen hatte.

»Pffft, die Heimlichtuerin vom Lande!« höhnte Doris, warf sich ihr Taftkleid über und ging die Treppe hinunter, um sich die Überschwemmung anzusehen. »Lieber will ich sterben, eh ich so was in meinen guten Sachen aufwische!« sagte sie. Aber Mrs. Rodgers war bereits mit Bürste und Eimer an der Arbeit. Sie öffneten die Tür zum Schankraum und fegten das Bier auf die Straße. Hunde kamen und schlappten es fort, und Hickey, der mittlerweile die Treppe heruntergekommen war, stand dabei und sagte, es sei eine Sünde und Schande, so mit dem guten Bier umzugehen. Draußen schwemmte es etwas von dem Rauhreif weg und ließ wieder den Dung vom gestrigen Markttag sehen. Der Sünder O'Toole hatte sich in der Nacht fortgeschlichen; der Lange John war wieder zu Hause und schwamm in seinem Bergwasser, und Brogan schmiegte sich noch ein paar Minuten ins Bett, genoß die Wärme und sann über die Freuden nach, die ihm entgehen würden, sobald er das Commercial endgültig verließ.

»Und wo ist die Dame mit dem Spitzenkleid?« fragte Hickey, der sich kaum an Marys Gesicht, wohl aber an die Ärmel ihres schwarzen Kleides erinnerte, die in die Teller einstippten.

»Hat sich weggeschlichen, eh wir wach waren«, sagte Doris. Sie waren sich alle einig, daß mit Mary nichts los war und daß man sie nicht hätte einladen sollen.

»Sie hat O'Toole verrückt gemacht und hochgebracht, und dann hat sie'n abblitzen lassen!« sagte Doris, und Mrs. Rodgers schwor, daß O'Toole und Marys Vater oder sonst jemand ihr das vergeudete Bier teuer bezahlen müßten.

»Inzwischen wird sie wohl schon zu Hause sein«, meinte Hickey und durchwühlte seine Tasche nach einem Zigarettenstummel. Er hatte ein neues Päckchen, aber wenn er das hervorzog, würden sie alle auf seine Kosten paffen.

Mary saß am Straßenrand. Sie hatte noch eine halbe Meile Wegs bis nach Hause.

Wenn ich nur einen Schatz hätte, dachte sie, einen festen, auf den ich mich verlassen könnte. Sie zerknackte das dünne Eis mit ihrem hohen Absatz und beobachtete das bizarre Muster, zu dem es zersplitterte. Die armen Vögel konnten kein Futter finden, denn der Boden war hart gefroren. Über ganz Irland lag der Reif, Reif wie ein unheimliches Blühen auf den Zweigen und auf dem Flußufer, von dem der Lange John – groß und nackt und behaart – ins Wasser sprang, Reif auf den Pflügen, die draußen geblieben waren, Reif auch auf den steinigen Äckern und auf allem Schleim und Schmutz der Welt.

Während sie weiterwanderte, fragte sie sich, wieviel und was sie ihrer Mutter und ihren Brüdern erzählen sollte, und ob alle Parties so scheußlich wären. Dann stand sie oben auf der Hügelkuppe und sah ihr Elternhaus – eine kleine weiße Kiste am Ende der Welt, bereit, sie aufzunehmen.

Bindungen

Alles war erledigt, der Koffer war zugeschlossen, ihr schwarzer Samtkragen war sorgfältig gebürstet, und an der Wand steckte eine Liste, die ihren Mann daran erinnern sollte, wann er die Hühner und Puten füttern und was für Futter er ihnen geben müsse. Sie hatte sich, wie es jede Mutter getan hätte, einen Besuch bei ihrer Tochter Claire in London vorgenommen, nur war *ihre* Tochter eben anders: sie hatte ihren Glauben verloren, und sie verkehrte mit fragwürdigen Leuten und schrieb Gedichte. Wenn es Erzählungen gewesen wären, hätte man das Sündige an ihnen nachweisen können, aber diese Gedichte waren völlig sinnlos und schienen deshalb noch sündhafter. Ihre Tochter hatte ihr das Geld für die Flugreise geschickt. Jetzt ging sie also und gab ihrem Mann zum Abschied einen Kuß – eine Freundlichkeit, die sie ihm gegenüber nie empfand, wenn er Tag für Tag seine Zeit damit verbrachte, aus dem Fenster auf die nassen Johannisbeerbüsche zu starren und wegen des Regens zu murren, obwohl er sich eigentlich über jeden Vorwand freute, zu Hause herumzubrüten und dauernd Tee zu verlangen, den er aus der

Untertasse schlürfte, weil ihm das mehr Spaß machte.

»Die Puten sind am wichtigsten«, sagte sie und küßte ihn zum Abschied, während ihre Gedanken zum noch fernen Weihnachtsfest flogen, zu den Puten, die sie dann verkaufen, und zu den schwereren, die sie als Geschenk weggeben wollte.

»Hoffentlich kommst du gut an«, sagte er. Sie war noch nie geflogen.

»Alle irischen Flugzeuge sind geweiht, sie stürzen nicht ab«, sagte sie und glaubte felsenfest an den Gott, der sie erschaffen und ihr diesen alten Sünder von Ehemann zugeteilt hatte, und das ziemlich große Bauernhaus mitsamt Federvieh und Plackerei und der einen Tochter, die sich so verändert hatte und unberechenbar geworden, ja, ihnen ganz entwachsen war.

Sobald sie den Schreck überwunden hatte, daß man sich für den Start festschnallen mußte, machte ihr die Reise Spaß. Als sie höher und höher stiegen, blickte sie auf die grellweißen, duftigen Wolken und hoffte im stillen, daß ihr Mann während ihrer Abwesenheit nicht vergessen würde, das Hemd zu wechseln. Der Flug wäre einwandfrei gewesen, hätte nicht eine kreischende Frau im Flugzeug gesessen, die von der Hostess beruhigt werden mußte. Sie sah wie eine Frau aus, die, ohne es zu wissen, in eine Nervenklinik geschickt wurde.

Claire holte ihre Mutter am Flughafen ab, und sie küßten sich herzlich, da sie sich über ein Jahr nicht gesehen hatten.

»Hast wohl Steine drin?« fragte Claire, als sie den Vulkankoffer aufhob. Er war mit einem Stückchen neuer Schnur noch besonders gut verschlossen. Ihre Mutter trug einen schwarzen Strohhut, und rechts und links auf der Krempe steckte ein Büschel Kirschen.

»Das war aber sehr nett von dir, mich abzuholen!« sagte die Mutter.

»Ist doch selbstverständlich«, erwiderte Claire und forderte ihre Mutter auf, sich im Taxi anzulehnen. Es war eine lange Fahrt, und man konnte sich's ebensogut bequem machen.

»Ich hätte mich durchfragen können«, sagte die Mutter, und Claire entgegnete ein wenig zu schroff: »Unsinn!« Um es dann wieder gutzumachen, erkundigte sie sich freundlich, wie der Flug gewesen war.

»Oh, das muß ich dir erzählen, eine ganz merkwürdige Frau war im Flugzeug, die kreischte immerzu.«

Claire hörte es und wurde steif, weil ihr einfiel, daß ihre Mutter früher bei kritischen Anlässen eine gewöhnliche und erregte Stimme bekommen hatte – eine Stimme, die sagen konnte: »Lieber Herr Jesus, dein Vater wird uns umbringen!« oder: »Was soll nur aus uns werden, der Gerichtsvollzieher ist da!« oder: »Sieh dir das an, der Schornstein hat Feuer gefangen!«

»Und sonst?« fragte Claire. Es sollten ja Ferientage sein und nicht etwa Ausflüge in die Vergangenheit.

»Wir bekamen Tee und Brote. Ich konnte meins nicht essen, weil Butter auf dem Brot war.«

»Noch immer anfällig?« fragte Claire. Ihre Mutter bekam Gallenbeschwerden, wenn sie Butter, Fisch, Olivenöl oder Eier aß, obwohl sie tagtäglich Hammelragout oder selbstgeräucherten Speck vertrug.

»Ich habe jedenfalls gute Sachen für dich eingekauft«, sagte Claire. Sie hatte einen Vorrat an Biskuits, Gelees und Eingemachtem gekauft, lauter Dinge, die ihre Mutter gern aß, die sie selbst aber verabscheute.

Der erste Abend verlief sehr friedlich. Die Mutter packte die Geschenke aus: ein Brathuhn, Brot, Eier, einen Wandbehang mit einem Kirchturm, an dem sie den ganzen Winter gestickt und sich fast blind gestichelt hatte, ein Weihwassergefäß und aus Muscheln gebastelte Aschenbecher, zu Lampen umgearbeitete Flaschen und ein Bild von einem Stierkämpfer, das aus kleinen lackierten und auf Karton geklebten Kieseln zusammengesetzt war.

Claire baute sie auf dem Kaminsims in der Küche auf und trat einen Schritt zurück, weniger, um sie zu bewundern, als vielmehr, um festzustellen, wie unharmonisch sie aussähen, wenn sie alle beisammen standen.

»Danke«, sagte sie so liebevoll zu ihrer Mutter, wie sie es vielleicht früher als Kind getan hätte. Sie war gerührt über die Geschenke, besonders über den Wandbehang, obwohl er häßlich war. Sie dachte an die Winterabende und an die qualmende Spirituslampe (sie hofften, daß man bald elektrisches Licht anlegen würde) und wie ihre Mutter sich über die Arbeit beugte und nicht einmal einen Fingerhut benutzte, um die Nadel leichter hindurchstekken zu können, weil sie an Selbstkasteiung glaubte, und wie ihr Vater sich dann zu ihr umdrehte und sagte: »Kannst du mir deine Brille leihen, Mom? Ich will mal in die Zeitung schauen.« Er war zu faul, seine Augen untersuchen zu lassen, und dachte, die Brille seiner Frau würde es auch tun. Sie konnte es sich ausmalen, wie sie Abend für Abend am Kaminfeuer saßen: grüne Flämmchen flackerten aus dem Torf, die Hühner waren eingesperrt, und draußen schlichen die Füchse durch den Wind.

»Ich bin froh, daß es dir gefällt«, sagte die Mutter ernst, »ich hab's im Gedanken an dich gestickt«, und beide standen mit Tränen in den Augen da und genossen die von Liebe erfüllten Sekunden – wohl wissend, daß sie von kurzer Dauer sein würden.

»Du kannst siebzehn Tage bleiben«, sagte Claire, denn das war die Zeitspanne, die der Spezialtarif zuließ. Eigentlich meinte sie: »Willst du siebzehn Tage bleiben?«

»Wenn es dir recht ist«, antwortete die Mutter übermäßig bescheiden. »Ich sehe dich nicht allzuoft, und du fehlst mir.«

Claire verzog sich in die Küche, um für die Wärmflasche ihrer Mutter den Kessel aufzusetzen; sie wollte jetzt keinerlei Enthüllungen mit anhören, keine Schilderungen, wie schwer das Leben gewesen war und wie sie während der vielen Saufperioden des Vaters in Todesgefahr geschwebt hatten.

»Vater läßt dich grüßen«, sagte ihre Mutter ein bißchen verärgert, weil Claire nicht gefragt hatte, wie es ihm ginge.

»Wie geht's ihm?«

»Großartig – er rührt keinen Tropfen an!«

Claire wußte, daß er sie sonst überfallen hätte, wie er sie früher zu überfallen pflegte, als sie, noch ein Kind, in der Klosterschule war, oder daß sie ein Telegramm erhalten hätte,

das knapp und dringend »Heimkommen, Mutter« lautete.
»'s ist alles Gottes Werk, daß er kuriert wurde«, fuhr die Mutter fort.
Claire dachte erbittert, daß Gott zu lange gewartet habe, um dem mageren, enttäuschten Mann zu helfen, den der Alkohol ausgemergelt und verrückt gemacht und zugrunde gerichtet hatte. Aber sie sagte nichts, sie füllte nur die Wärmflasche, drückte mit dem Arm die Luft heraus und brachte ihre Mutter dann die Treppe hinauf und zu Bett.
Am nächsten Morgen fuhren sie in die Stadt, und Claire schenkte ihrer Mutter fünfzig Pfund. Die Frau wurde rot und begann, den Kopf zu schütteln — eine hastige, unbeherrschte Bewegung, die an ein vom Koller befallenes Tier erinnerte.
»Du warst schon immer so gutherzig, viel zu gutherzig«, sagte sie zu ihrer Tochter, während ihre Augen Gestelle mit Mänteln, Regenmänteln und Röcken auf kreischenden Bügeln und Hüte in allen erdenklichen Formen und Farben erblickten.
»Probiere etwas an«, sagte Claire. »Ich muß jemand anrufen.«
Am Abend sollten Gäste kommen — sie hatte es schon vor Wochen abgemacht —, und weil es Bohemiens waren, konnte sie sich nicht

vorstellen, daß ihre Mutter sie ertrug oder daß sie ihre Mutter ertrugen. Und was die Sache noch schwieriger machte: sie waren ein ›Trio‹, ein Mann mit zwei Frauen, seiner Ehefrau und seiner Freundin. Im gegenwärtigen Stadium ihres Zusammenlebens war die Frau offensichtlich in andern Umständen.

Die Freundin sagte am Telefon, sie freuten sich mächtig auf den Abend, und Claire hörte sich die Einladung bestätigen, indem sie erwiderte, sie hätte nur angeläutet, um sie daran zu erinnern. Sie gedachte noch einen zweiten Mann einzuladen, um dem Abend einen Anstrich von Schicklichkeit zu verleihen, aber die einzigen Junggesellen, die ihr in den Sinn kamen, waren ihre Liebhaber, und sie konnte sie nicht auffordern, es war erbärmlich.

»Verdammt«, sagte sie und ärgerte sich über alles mögliche, besonders aber über die Tatsache, daß sie sich in einer jener trübseligen, liebeleeren Perioden befand, wie sie in jedermanns Leben vorkommen, jedoch viel häufiger, meinte sie, je älter man wurde. Sie war achtundzwanzig. Bald würde sie dreißig sein. Verwelken.

»Wie macht sich der?« fragte ihre Mutter mit alberner Stimme, als Claire zurückkehrte. Sie hielt einen Handspiegel hoch, um einen lächerlichen Hut, den sie aufprobiert hatte, von rückwärts zu betrachten. Er glich dem blanken

Strohhut, den sie auf der Reise getragen hatte, nur war er noch überladener und kostete zehn Guineas. Das war das erste, was Claire an ihm auffiel. Der weiße Preiszettel baumelte vor der Nase ihrer Mutter. Claire haßte es so sehr, Sachen für sich zu kaufen, wie andere Leute es hassen, zum Zahnarzt zu gehen. Sie zog nie von einem Laden zum andern. Wenn sie zufällig in einem Schaufenster etwas sah, stellte sie die Größe fest und kaufte es.

»Bin ich zu alt dafür?« fragte ihre Mutter. Eine schwerwiegende Frage – in jeder Hinsicht.

»Nein«, antwortete Claire. »Er steht dir gut.«

»Hüte habe ich eben schon immer geliebt«, sagte ihre Mutter, wie wenn sie ein heimliches Laster zugab. Claire erinnerte sich an Schubladen, in denen Filzhüte lagen, an Troddeln auf Hutkrempen und an kleine Augenschleier mit Tupfen, von denen sie als Kind geglaubt hatte, sie könnten einem übers Gesicht kriechen.

»Ja, ich erinnere mich an deine Hüte«, erwiderte Claire und erinnerte sich auch an den Geruch von Kampfer und leeren Parfumflaschen und an einen königsblauen Hut, den ihre Mutter einmal mit der Post zur Ansicht bekommen und zur Messe getragen hatte, ehe sie ihn wieder ins Geschäft zurückschickte.

»Wenn er dir gefällt, nimm ihn!« sagte Claire nachsichtig.

Ihre Mutter kaufte ihn, und außerdem einen doppelseitigen Regenmantel und ein Paar Schuhe. Sie erzählte der Verkäuferin, die ihren Fuß maß, von einem Paar Schuhe, das siebzehn Jahre gehalten hatte und schließlich von einer Zigeunerin gestohlen wurde – hinterher wurde sie wegen dieses Diebstahls ins Gefängnis gesteckt.

»Ich hätte der armen alten Seele gern das Gefängnis erspart«, sagte die Mutter, und Claire stieß sie an, damit sie den Mund hielte. Im Schutz des neuen, breitkrempigen Hutes lief das Gesicht der Mutter rot an.

»Habe ich etwas Verkehrtes gesagt?« fragte sie beklommen, als sie die Rolltreppe hinabfuhr und ihre Pakete an sich gedrückt hielt.

»Nein. Ich meinte nur, sie hätte keine Zeit: es ist hier nicht wie in den Läden zu Hause.«

»Ich glaube, die Geschichte machte ihr Spaß«, entgegnete die Mutter und raffte allen Mut zusammen, ehe sie im Erdgeschoß von der Rolltreppe trat.

Zu Hause bereiteten sie das Essen vor, und die Mutter räumte das Vorderzimmer auf, ehe die Gäste kamen. Ohne ein Wort zu sagen, trug sie all ihre Trophäen, den Wandbehang, das Kieselbildchen, die Aschenbecher, das Weihwasserbecken und die andern Ziergegenstände ins Vorderzimmer und stellte sie dort neben die Bücher, die Zeichnungen und das Plakat aus Bengalen, das ein Überbleibsel von Claires dunkelhäutigem Liebhaber war.

»Hier sehen sie hübscher aus«, sagte ihre Mutter entschuldigend, womit sie gleichzeitig die Aktzeichnung verurteilte.

»An deiner Stelle würde ich ein paar von den Sachen da wegnehmen!« riet sie ihrer Tochter mit ernstem Tonfall.

Claire blieb stumm und nippte von dem Whisky, den sie ihrer Ansicht nach bitter nötig hatte. Dann erkundigte sie sich, um das Thema zu wechseln, nach den Füßen ihrer Mutter. Für den nächsten Tag trafen sie eine Verabredung mit einer Fußpflegerin.

Die Mutter hatte sich eine blaue Bluse angezogen, und Claire trug eine Samthose; so saßen sie auf niedrigen Puffs vor dem Feuer, während eine Lampe mit blauem Schirm einen friedlichen Schimmer auf ihre Gesichter warf, die sich so sehr glichen. Mit ihren sechzig Jahren, und frisch zurechtgemacht, hatte die Mutter noch immer ein Gedicht von einem Gesicht: rund, blaß, makellos und mit sanften Augen, erwartungsvoll trotz allem, was das Leben ihr gebracht hatte. Auf dem Weiß der Augäpfel hatten sich gelbe Flecke eingestellt, das traurige Gelb der Alternden.

»Du hast ein Teeblättchen auf dem Augenlid«, sagte sie zu Claire und hob die Hand, um es wegzuwischen. Es war Wimperntusche, die so verschmiert wurde, daß Claire hinaufgehen mußte, um sich zurechtzumachen.

In genau dem gleichen Augenblick kamen die Gäste.

»Sie sind da«, sagte die Mutter, als die Türglocke schrillte.

»Mach die Tür auf«, rief Claire hinunter.

»Sieht es nicht seltsam aus, wenn du es nicht tust?« fragte die Mutter.

»Ach, mach schon auf!« rief Claire ungeduldig. Sie war richtig erleichtert, daß die andern sich nun allein durch die Reihe von Vorstellungen hindurchwursteln mußten.

Das Essen war ein Erfolg. Es schmeckte ihnen, und die Mutter war nicht so scheu, wie Claire es erwartet hatte. Sie erzählte von ihrer Reise (unterdrückte aber den Zwischenfall mit der ›verrückten Frau‹) und von einem Fernsehprogramm, das sie einmal gesehen hatte und in dem gezeigt wurde, wie man Vogelnestersuppe sammelt. Nur ihre Stimme klang unnatürlich.

Nach dem Essen setzte Claire ihren Gästen riesengroße Kognaks vor, so erleichtert war sie, daß nichts Verhängnisvolles zur Sprache gekommen war. Ihre Mutter trank natürlich keinen Alkohol.

Die Gäste lehnten sich befriedigt zurück, rochen an ihrem Kognak, tranken ihren Kaffee, schnippten die Zigarettenasche auf den Fußboden, weil sie die Aschenbecher um Haaresbreite verfehlten, klatschten und schenkten sich wieder ein. Sie lächelten über die verschiedenen neuen Ziergegenstände, machten aber keine weiteren Bemerkungen, sondern sagten nur, daß die Stickerei hübsch sei.

»Claire mag sie gern«, sagte die Mutter schüchtern und löste erneutes Schweigen bei ihnen aus. Der Abend schleppte sich mit kurzen, aber bedrückenden Pausen hin.

»Sie lieben also chinesisches Essen?« fragte der Mann. Er nannte ein chinesisches Restaurant, das sie aufsuchen sollte. Es lag im East End von London, und wenn man dort hingehen wollte, mußte man einen Wagen haben.

»Bist du schon dagewesen?« fragte die Ehefrau die junge blonde Freundin, die kaum etwas gesagt hatte.

»Ja, und es war prima, bis auf das Schweinefleisch, das in Chanel Nr. 5 schwamm. Weißt du noch?« wandte sie sich an den Mann, der mit dem Kopf nickte.

»Wir müssen mal hingehen«, sagte die Frau.

»Falls du je einen Abend für mich erübrigen kannst.« Sie starrte in den großen Kognakschwenker, den sie auf ihrem Schoß hin und her schaukelte. Er war für Rosenblätter gedacht, doch als sie ihn sah, hatte sie darauf bestanden, daraus zu trinken. Die Rosenblätter welkten bereits auf dem Kaminsims.

»Es war an dem gleichen Abend, an dem wir den Mann fanden, der sich gegen eine Wand lehnte, so hatten sie ihn zusammengeschlagen«, erzählte die Freundin schaudernd und erinnerte sich, wie sie auch damals geschaudert hatte.

»Du hattest solch Mitleid mit ihm«, sagte der Mann amüsiert.

»Das hätte doch jeder gehabt«, warf die Frau spitzig ein, und Claire wandte sich an ihre Mutter und versprach ihr, daß sie am nächsten Abend in das Restaurant gehen würden.

»Woll'n sehen«, entgegnete die Mutter. Sie wußte, was sie in London besichtigen wollte: den Buckingham Palast, den Tower und das Wachsfigurenkabinett. War sie erst wieder zu Hause, dann waren es diese Gebäude, über die sie mit ihren Nachbarinnen, die schon in London gewesen waren, sprechen würde – und nicht über irgendeine verrufene Gegend, in der man Männer gegen die Wand schleuderte.

»Nein, nicht noch einen, es ist nicht gut für

das Baby!« sagte der Mann, als seine Frau ihr leeres Glas auf der Hand balancierte und zur Kognakflasche schaute.

»Wer ist wichtiger, ich oder das Baby?«

»Sei nicht albern, Marigold«, sagte der Mann.

»Entschuldige«, erwiderte sie mit verändertem Tonfall. »An wessen Gesundheit denkst du eigentlich?« Sie war im Begriff, ihren Gefühlen freien Lauf zu lassen; ihre Wangen waren vom Kognak und vom Ärger erhitzt. Im Gegensatz zu ihr sah Claires Mutter wie ein Grabmal aus, kreideweiß und versteinert.

»Wie steht's mit dem Feuer?« fragte Claire und sah nach. Es war ein Stichwort für ihre Mutter, aufzuspringen und mit dem Kohleneimer hinauszurauschen.

»Ich hol sie«, rief Claire und folgte ihr. Die Mutter wartete nicht, sondern blieb erst in der Küche stehen.

»Sag mir bitte«, rief sie, und ihre blauen Augen blitzten beleidigt, »mit welcher von den beiden Damen er verheiratet ist!«

»Das geht dich nichts an«, antwortete Claire hastig. Sie hatte vorgehabt, es zu beschönigen und zu behaupten, die schwangere Frau hätte eine psychische Störung, doch statt dessen verletzte sie ihre Mutter und erklärte sie für engherzig und grausam.

»Zeig mir deine Freunde, und ich werde dir

sagen, wer du bist«, antwortete die Mutter und ging fort, um Kohle zu holen. Den gefüllten Kohleeimer stellte sie vor die Wohnzimmertür und ging dann nach oben. Claire, die wieder zu ihren Gästen zurückgekehrt war, hörte die Schritte ihrer Mutter, als sie die Treppe hinaufstieg und in das Schlafzimmer über ihnen trat.

»Ist deine Mutter zu Bett gegangen?« fragte der Mann.

»Wahrscheinlich ist sie müde«, erwiderte Claire und deutete ihre eigene Müdigkeit an. Sie wünschte, daß sie sich verabschiedeten. Sie konnte sie nicht ins Vertrauen ziehen, obwohl es alte Freunde waren. Sie würden vielleicht spotten. Sie waren ebensowenig wahre Freunde wie ihre Ex-Liebhaber – sie waren alle samt und sonders nur Begleiterscheinungen gesellschaftlichen Lebens, Statisten, Bekanntschaften, die man pflegte, um zu andern Bekannten sagen zu können: »Und eines Abends wurden ein paar von uns verrückt und veranstalteten ein Nackt-Happening...« Es war niemand da, zu dem sie Vertrauen hatte, niemand, den sie ihrer Mutter vorstellen und dabei unbekümmert sein konnte.

»Musik, Kognak, Zigaretten...« Sie mahnten, äußerten ihre Wünsche, besprachen, wer zum Automaten gehen und Zigaretten holen sollte. Pauline tat es. Sie blieben, bis sie das

Päckchen aufgeraucht hatten, und das war lange nach Mitternacht.

Claire eilte ins Zimmer ihrer Mutter; das Licht brannte noch, und sie war wach und spielte mit ihren Rosenkranzperlen. Es waren die alten schwarzen Hornperlen von früher.

»Verzeih mir!« entschuldigte sich Claire.

»Du hast mich wie ein Zigeunerweib beschimpft«, klagte die Mutter, und vor Erregung schlug ihr die Stimme um.

»Ich hab's nicht so gemeint«, sagte Claire. Sie bemühte sich, verständig und selbstsicher zu sprechen und ihrer Mutter zu erklären, die Welt sei groß, und mancherlei Leute lebten in ihr, von denen jeder andere Ansichten über andere Dinge hätte.

»Sie sind nicht aufrichtig«, entgegnete ihre Mutter und betonte das letzte Wort.

»Wer ist das schon?« erwiderte Claire und dachte an die hinterhältige Art, mit der die Liebhaber sich verzogen, oder mit was für Tricks einstige Zimmervermieterinnen den Zähler hergerichtet hatten, so daß eine elektrische Einheit das Doppelte kostete. Ihre Mutter hatte keine Ahnung, wie einsam man sich fühlte, wenn man den ganzen Tag Manuskripte las und hin und wieder ein Gedicht schrieb, oder wenn man von einer Erinnerung oder Idee verzehrt wurde und dann dauernd ausging und

Menschen suchte, in der Hoffnung, daß einer von ihnen der Richtige wäre und um ihr Wesentlichstes wüßte, um Leib und Seele.

»Ich war eine gute Mutter, ich habe alles getan, was ich konnte, und das ist nun der Dank, den ich dafür bekomme!« Es wurde mit soviel Berechtigung vorgebracht, daß Claire sich abwandte und verkrampft lachte. Ein Vorfall wollte ihr über die Lippen, etwas, an das sie nie mehr gedacht hatte. »Du warst ins Krankenhaus gegangen«, sagte sie zu ihrer Mutter, »um deinen Zeh aufschlitzen zu lassen, und dann kamst du nach Hause und erzähltest mir, der Doktor hätte gesagt: ›Halten Sie Ihren rechten Arm hoch, bis ich Ihnen eine Spritze gegeben habe‹, aber als du es tatest, gab er dir keine Spritze, er schnitt dir einfach in den Zeh. Warum hast du mir das erzählt?« Die Worte purzelten ihr unvermutet aus dem Mund, und sie wurde sich des Furchtbaren erst bewußt, als sie spürte, wie ihre Knie zitterten.

»Wovon sprichst du?« fragte ihre Mutter stumpf. Das Gesicht, das zu Beginn des Abends rund gewesen war, schien jetzt alt und verzerrt und bitter.

»Nichts«, sagte Claire. Unmöglich, es zu erklären. Sie hatte alle Regeln verletzt: Anstand, Güte und Vorsicht. Nie würde sie es am folgenden Morgen mit einem Scherz abtun können. Sie stammelte eine Entschuldigung, ging in ihr Zimmer und blieb zitternd auf dem Bettrand sitzen. Seit der Ankunft ihrer Mutter wurde sie von lauter Einzelheiten aus ihrer Kinderzeit heimgesucht. Ihr gegenwärtiges Leben, ihre Arbeit und die Freunde, die sie hatte, schienen unwesentlich im Vergleich zu allem, was vorher geschehen war. Sie konnte die verschiedenen Herden zischender weißer Gänse aufzählen (damals waren es Gänse gewesen), die jahrein, jahraus über die sumpfigen Wiesen zogen; im Gedächtnis Vergrabenes konnte sie jetzt vor sich sehen: Löcher in der Zufahrt, wo der Regen stehen blieb und das herausgesickerte Benzin eines vorüberfahrenden Wagens Regenbogenfarben malte. Sie blickte auf den Regenbogen hinunter, um einer andern Farbe zu entrinnen, die in ihrem Geiste oder auf ihrer Zunge war. Einmal hatte sie sich alle vier Finger geleckt, weil ein verborgenes Rasiermesser sie ihr aufgeschlitzt hatte, das senkrecht in ein Bord geklemmt worden war, zu dem sie hinaufgelangt hatte, um einen Bonbon zu suchen oder da oben nach verstecktem Staub zu tasten. Die gleiche Farbe war auf dem geschändeten Zeh ihrer Mutter gewesen, unter dem dicken, plumpen Verband. Und in der Kirche war das Ewige Licht eine Schale voll Blut, in der eine Flamme lag. Diese Bilder hatten sie damals nicht beunruhigt. Sie liebte es, tagsüber allein in die Kirche zu schlüpfen und von einer Kreuzwegstation zur nächsten vorzurücken, Gottes auserwählter Liebling zu sein und zu beten, daß sie vor ihrer Mutter stürbe, um ja nicht ihres Vaters Sündenbock zu werden. Wie konnte sie ahnen, wie konnte auch nur einer von ihnen ahnen, daß sie zwanzig Jahre später, als sie in einem geheizten Plastikzelt saß und sich ein Dampfbad leistete, plötzlich, von panischer Angst gepackt, aufschreien würde, weil sie glaubte, ihr Schweiß verwandle sich in Blutstropfen. Sie hatte die Hände durch die Schlitze gesteckt und den Masseur angefleht, sie zu beschützen, genau wie sie vor langer Zeit ihre Mutter angefleht hatte. Sich lächerlich gemacht hatte. Genau wie sie sich bei den verschiedenen Männern lächerlich gemacht hatte. Am ersten Abend, an dem sie den Inder kennenlernte, trug sie einen Weißfuchskragen, und neben seinem dunklen, gutgeschnittenen Kinn hob sich das Weiß kräftig ab, als sie durch ein Spiegelzimmer zu Tisch gingen und sich sahen und gesehen wurden. Er hatte etwas gesagt, das sie nicht verstehen konnte.

»Erzählen Sie's mir später!« hatte sie erwidert und ihn schon ein wenig mit Beschlag belegt, schon angedeutet: ›Du sollst mich in diesem Spiegelzimmer nicht im Stich lassen – mich in meinem bläulichweißen Fuchs, der deinen bläulichschwarzen Lippen so schmeichelt!‹ Doch nach ein paar Wochen verließ er sie – wie die andern. Sie wurde vertraut mit den verschiedenen Rückzugsmethoden: unvermittelt, ehrlich, nett. Blumen, Briefe, die auf dem Land aufgegeben waren, und der Kehrreim: »Ich möchte dir nicht weh tun.« Es erinnerte sie an die Spur, welche die Schnecken im Sommer morgens auf dem Rasen hinterließen: traurige, silberne Abschiedsspuren. Ihr Fortgehen stand ihr viel lebhafter vor Augen als ihr Kommen – oder war sie nur fähig, sich an das Schlimmste zu erinnern? Sich an alles zu erinnern, ohne etwas zu enträtseln? Sie zog sich aus und sagte sich, daß ihre vier Finger ausgeheilt waren, daß der Zeh ihrer Mutter jetzt wie der Zeh von allen andern Leuten aussah, daß ihr Vater Tee trank und keine Wutanfälle hatte und daß sie eines Tages einen Mann kennenlernen würde, den sie liebte und nicht verscheuchte. Aber es war ein Optimismus, der vom Kognak herrührte. Sie war wieder hinuntergegangen und hatte die Flasche geholt. Der Kognak belebte ihre Hoffnung, doch er störte ihre Herzschläge, und sie konnte nicht schlafen. Als der Morgen sich näherte, wiederholte sie sich die lieben und versöhnlichen Worte, die sie ihrer Mutter sagen wollte.

Am Sonntag gingen sie in die Messe, aber offensichtlich gehörte es nicht zu Claires Gewohnheiten, in die Kirche zu gehen: sie mußten sich nach dem Weg erkundigen. Als sie eintraten, holte ihre Mutter eine kleine Likörflasche aus ihrer Handtasche und füllte sie am Weihwasserbecken mit dem geweihten Wasser.

»Es ist immer gut, es bei sich zu haben«, erklärte sie Claire, wenn auch etwas verschämt. Der Auftritt hatte sie auseinandergebracht, und sie waren jetzt auf eine Art höflich, zu der es nie hätte kommen sollen.

Nach der Messe gingen sie – weil die Mutter ihre Wünsche geäußert hatte – ins Wachsfigurenkabinett und zum Tower, und dann schlenderten sie durch den Park vor dem Buckingham Palast.

»Gutes Weidegras ist das hier«, sagte die Mutter. Von dem feuchten, ziemlich hohen Gras wurden ihre neuen Schuhe fleckig. Es regnete. Die Speichen vom Schirm der Mutter tippten ständig gegen Claires Schirm, und einerlei, wieviel Abstand sie zu halten versuchte, die Mutter folgte ihr dementsprechend – wie um sie zu stechen.

»Hör mal«, sagte die Mutter, »ich habe mir etwas überlegt.«

Claire wußte, was kommen würde. Ihre Mutter wollte nach Hause; sie machte sich Sorgen wegen ihres Mannes, wegen ihres Federviehs, wegen der Wäsche, die sich aufgetürmt hatte, und wegen des Frühlingsweizens, der bald ausgesät werden mußte. Im Grunde war sie unglücklich. Sie und ihre Tochter waren weiter voneinander entfernt, als wenn sie jede Woche Briefe wechselten und über das Wetter oder die Arbeit oder die Erkältung schrieben, die sie gehabt hatten.

»Du bist erst sechs Tage hier«, sagte Claire, »und ich möchte dich noch in die Theater und Restaurants führen. Geh noch nicht!«

»Ich werd's mir überlegen«, antwortete die Mutter. Aber ihr Entschluß war schon gefaßt.

Zwei Abende drauf warteten sie in der Halle des Flughafens und wagten kaum zu sprechen, um nicht das Ausrufen der Flugnummer zu überhören.

»Die Abwechslung hat dir gutgetan«, sagte Claire. Ihre Mutter hatte sich mit ihren neuen Sachen herausgeputzt und sah eleganter aus. Zwei weitere neue Hüte trug sie in der Hand und hoffte, sie dadurch den Blicken der Zollbeamten zu entziehen.

»Ich schreibe dir, ob ich Zoll dafür bezahlen mußte«, sagte sie.

»Ja, tu's!« erwiderte Claire lächelnd und strich den Kragen ihrer Mutter glatt: sie wollte etwas Liebevolles, etwas Versöhnliches sagen, ohne ihre Meinungsverschiedenheiten Wort für Wort durchkauen zu müssen.

»Niemand kann behaupten, du hättest mich nicht gut ausstaffiert, so elegant, wie ich jetzt bin«, sagte die Mutter und lächelte ihrem Spiegelbild in der Glastür der Telefonbude zu. »Und unsre Fahrt auf der Themse«, sagte sie, »die habe ich wohl am meisten von allem genossen.« Sie sprach von der kurzen Fahrt, die sie flußabwärts bis Westminster unternommen hatten. Geplant war, in der entgegengesetzten Richtung nach Kew und Hampton Court ins Grüne zu fahren, aber sie (oder vielmehr Claire) hatten es zu lange anstehen lassen, so daß sie nur den Personendampfer zur City nehmen konnten, der aus dem Grünen zurückkehrte.

Claire hatte mit ihrer Zeit gegeizt: an jenem Nachmittag hatte sie am Schreibtisch gesessen und vorgegeben zu arbeiten und den Zeitpunkt hinausgeschoben, bis sie endlich aufgestanden und zu ihrer Mutter gegangen war, die unten gesessen und alle im Laufe der Jahre verschwundenen Knöpfe angenäht hatte. Und jetzt bedankte sich ihre Mutter und sagte, es wäre wunderschön gewesen. Wunderschön! Sie waren an Lagerhäusern vorbeigefahren, an Kränen, die gelb und schräg aufgerichtet ihre Feierabendstellung eingenommen hatten, an Gerüsten, die sich wie angestrahlte Honigwaben gegen den

Himmel abhoben, und an Schiffen und Gaswerken und schmutzigen Schloten. Der Frühlingsabend war vom Abwässer-Gestank verpestet, und doch hörte ihre Mutter nicht auf, ihr zu danken.

»Hoffentlich ist meine verrückte Dame nicht an Bord«, sagte die Mutter und versuchte, jetzt einen Scherz daraus zu machen.

»Sehr unwahrscheinlich«, erwiderte Claire, aber die Mutter erklärte, das Leben sei voll seltsamer und trauriger Zufälle. Sie sahen einander an, sahen wieder weg, spotteten über einen Mann, der Brote aus seiner Tasche holte und verschlang, blickten auf die Flughafen-Uhr und verglichen die Zeit mit der auf ihren Uhren.

»Pst, pst!« mußte Claire sagen.

»Das ist es!« riefen sie dann beide und waren erleichtert. Wie wenn sie heimlich gefürchtet hätten, die Flugnummer würde nicht ausgerufen!

An der Sperre küßten sie sich; ihre feuchten Wangen berührten sich und blieben eine Sekunde lang so, und jeder gewahrte den Kummer des andern.

»Ich schreibe dir, ich schreibe häufiger«, versprach Claire, und ein paar Minuten stand sie winkend und weinend da, ohne sich bewußt zu werden, daß der Besuch vorbei war und daß sie jetzt zurückkehren konnte zu ihrem eigenen Leben – wie es eben war.

Ein Paradies

Im Hafen lagen vier Boote. Sie trugen die Namen eines Landes, einer Bahnlinie, eines Gefühls und eines Mädchens. Sie sah sie zum erstenmal bei Sonnenuntergang. Sehr schön waren sie, und so still, weiße Boote in einiger Entfernung voneinander, dem Hafen schmeichelnd. Jenseits ein Berg. Im Moment war er lila. Er schien aus einem hauchzarten Stoff gemacht, so unwirklich war er. Zwischen den Booten und dem Berg stand auf einer Insel der Leuchtturm.

Jemand sagte, der Lichtstrahl sei lange nicht so hübsch wie in der alten Zeit, als der Küstenwachmann dort oben hauste und den Scheinwerfer mit Gas betrieb. Jetzt funktionierte er automatisch und war viel greller. Zwischen ihnen und dem Meer waren vier mit Feigenbäumen bepflanzte Felder. Dürre gelbe Felder, die Staub auszuatmen schienen. Sie schaute wieder auf die vier Boote, die Felder, die Feigenbäume und den sanften Ozean: sie schaute auf das Haus hinter sich und dachte, all das kann meins sein, ja, meins, und ihr Herz tat einen kleinen Freudensprung. Er gewahrte ihre Erregung und lächelte. Auf alle, die herkamen, wirkte das

Haus faszinierend. Er nahm sie bei der Hand und führte sie die Haupttreppe hinauf. Steinstufen mit einem wackligen Geländer. Die Unterseite jeder Stufe war leuchtend blau. »Halt!« sagte er weiter oben, wo es dunkel wurde, und ehe er das Licht anschaltete.

Ein Dienstmädchen hatte für sie ausgepackt. Es standen Blumen im Zimmer. Sie rochen nach Konfekt. Im Badezimmer war ein großes Glasgefäß mit Körperpuder. Sie beugte sich über den Rand und atmete den Duft ein. Daraufhin mußte sie dreimal niesen. Von dunkelvioletten Seifentrauben war das Einwickelpapier entfernt worden, und mehrere Minuten lang hielt sie je ein Stück in ihren Händen. Ja. Es war richtig gewesen, daß sie hergekommen war. Sie hätte nichts befürchten müssen, er brauchte sie, sein Gesichtsausdruck und ihr Hand-in-Hand-Gehen hatten es schon bestätigt.

Sie saßen auf der Terrasse und tranken einen Cocktail, den er gemischt hatte. Er bestand aus Rum und Zitronen und erwies sich als überaus stark. Einer von den Gästen sagte, der Einfallswinkel des Lichts auf dem Berge sei um diese Zeit am großartigsten. Er hielt die Finger an die Lippen und sandte dem Berg eine Kußhand zu. Sie zählte die Gipfel, dreizehn im ganzen, und zwischen den ersten vier und den übrigen neun war eine Hochebene.

Die Gipfel waren dem Himmel nahe. Weiter unten, in der Stirnseite des Berges, ragten mehrere Vorsprünge heraus, die ihre Schatten auf die benachbarten Vorsprünge warfen. Man nannte ihr den Namen des Berges. Im gleichen Augenblick hörte sie, wie einer jungen Frau eine Frage gestellt wurde: »Interessieren Sie sich für Maria Stuart, die schottische Königin?« Die Frau, deren Haut eine berückende Ausstrahlung hatte, antwortete übereifrig mit ja. Es konnte sein, daß eine solche Ausstrahlung die Folge von ständigem Nachschub männlichen Spermas war. Der Mann hatte eine hohe bleiche Stirn und war vom Tod gezeichnet.

Sie tranken. Sie rauchten. Alle zwölf Raucher warfen die Stummel auf das Ziegeldach, das zu den Farmgebäuden abfiel. Wetterleuchten setzte ein. Es flackerte hier und da auf und war lautlos und leicht theatralisch. Als wäre es nur zu ihrer Unterhaltung erdacht worden. Zuerst erhellte es die eine Himmelsfläche, dann eine andere. Auch Fledermäuse flogen umher, und ihre dunklen Formen und die planlosen, milden Sommerblitze bildeten eine Zerstreuung, etwas, das man sich gegenseitig zeigen konnte. »Wenn ich ein Pferd hätte«, sagte die eine Dame, »würde ich es Wetterleuchten nennen«, und der Mann neben ihr entgegnete: »Wie charmant!« Sie wußte, daß sie auch etwas sagen sollte. Sie wollte ja. Sowohl seinetwegen wie ihretwegen. Ihr Geist machte einen kleinen Anlauf und verstummte und setzte wieder an, Worte rangen danach, losgelassen zu werden, geäußert zu werden, in einer amüsanten kleinen Bemerkung, mit der sie sich als ihresgleichen einführte. Aber ihre Zunge war wie gelähmt. Sie kannten bestimmt all ihre Vorgängerinnen. Sie würden sie in allen Einzelheiten mit ihr vergleichen, ihr Aussehen, ihre Sprache, die Art, wie er sich zu ihr verhielt. Sie würden es besser als sie selbst wissen, wie wichtig sie für ihn war und ob es Ernst oder nur eine vorübergehende Anwandlung war. Sie hatten es alle in den Klatschspalten gelesen, wieso sie ihn kennengelernt hatte: wie er sich röntgen lassen wollte und sie dort sah, die Röntgenschwester in Weiß, an ein dunkles Zimmer gebunden und an Filme, auf denen die Lunge und die Atemwege zu sehen waren.

»Stimmt es, daß Sie Schwimmunterricht nehmen sollen?« fragte ein Mann, der für seine Frage gerade den Moment gewählt hatte, in dem sie sich zurücklehnte, um an einer großen Kiefer hochzublicken.

»Ja«, sagte sie und wünschte, daß er es nicht gewußt hätte.

»Es ist nichts dabei«, sagte er, »man geht einfach hinein und schwimmt.«
Wie erstaunt sie alle waren, erstaunt und amüsiert. Und fragten sie, wo sie denn gelebt habe und ob es wirklich wahr sei.
»Kann mir niemanden vorstellen, der nicht schon als Kind schwimmt.«
»Kann mir niemanden vorstellen, der nicht schwimmt. Punkt.«
»'s ist nichts dabei, man muß nur um sich schlagen.«
Der durch die grünen Nadeln niedersickernde Sonnenschein spielte über die dicken Büschel brauner Zapfen. Die Natur ziehen sie nicht ins Lächerliche, dachte sie. Da wagen sie's nicht. Er kam und stellte sich hinter sie; seine Hand tätschelte ihre nackte, blasse Schulter. Ein Mann, der gar keine Kamera bei sich hatte, tat so, als mache er eine Aufnahme von ihnen. Wie lange würde sie sich halten können? Es war die eine Frage, die sie alle beschäftigte.
»Morgen nehmen wir dich mit aufs Boot«, sagte er. Die andern gurrten begeistert. Sie bemühten sich alle, die Jacht zu beschreiben, und säuselten in höchsten Tönen. Sie wetteiferten miteinander, ihr davon zu erzählen. Aber im Grunde war das alles für ihn bestimmt. Sie dachte, ich sollte aufrichtig sein und gestehen, daß ich das Meer nicht liebe, gestehen, daß ich

eine Landratte bin, daß ich den Regen liebe und Rosen auf einem Feld, feinen Regen und dahinter die Rosen und das Grün, gestehen, daß mein Meer so düster wie die Schale von Miesmuscheln ist und Unglück bedeutet. Aber sie konnte es nicht.

Was sie sagte, war: »Es muß wundervoll sein!«

»Es ist wirklich sehr, sehr nett«, sagte er scheu.

Beim Abendessen saß sie am einen Ende der eiförmigen Tafel und er am andern Ende. Sechs weiße Kerzen in Glasleuchtern trennten sie voneinander. Die Sekretärin hatte die Plätze bestimmt. Eine dicke Frau zu seiner Rechten trug eine Menge silberne Armreifen und war in Krepp gehüllt. Als ersten Gang hatten sie eine kalte Suppe. Die Garnierung war so fein gehackt, daß es unmöglich war, sie anders zu unterscheiden als durch ihren Geschmack. Sie schlüpfte aus den Schuhen. Ein Mann, der seine Reise nach Indien beschrieb, verweilte unnatürlich lange auf der Unappetitlichkeit der Speisen. Er war hingefahren, um die Tempel zu besichtigen. Ein andrer Mann, der wiederholt versuchte, die Stimmung zu heben, richtete an die ganze Tafelrunde die Frage: »In welchem Mittelmeerhafen kann man am besten vor Anker gehen?« Jeder hatte seinen Favoriten. Manche nannten Häfen, in denen etwas Aufregendes passiert war, andre wählten Häfen, wo die Einfahrt am bezauberndsten war, und die Hafengebühren wurden als interessante Tatsache verglichen; der Mann, der die Frage gestellt hatte, unterhielt sie alle mit dem Bericht einer Kreuzfahrt, die er mit seiner kleinen Tochter gemacht hatte, und wie er, als sie nach Venedig kamen, nicht an Land gehen konnte, so betrunken war er. Sie mußte eingestehen, daß sie nicht viele Häfen kenne. Ihr Geständnis rührte sie.

»Wir wollen sie alle ausprobieren«, rief er vom andern Ende der Tafel, »und ein Bordbuch darüber führen!« Die Leute blickten von ihm zu ihr und lächelten wissend.

In der Nacht, hinter geschlossenen Läden, spielten sie ihren Ritus durch. Sie brannten längst darauf, hinzugehen. Lange bevor der Kaffee gebracht worden war, hatten sie sich von der Tafel verzogen und es fertiggebracht, allein zu sein: sie hatten sich die Steinbank ausgesucht, die rund um die große Kiefer lief. Der Sitzplatz war über und über mit dem durchsichtigen Harz des Baumes bedeckt. Die gegeneinander schlagenden Früchte klapperten dumpf wie Kastagnetten. Sie blieben so lange sitzen, wie es die Höflichkeit erforderte, dann zogen sie sich zurück. Im Bett fühlte sie sich wieder sicher, nicht nur durch Leidenschaft und Lust mit ihm vereint, sondern durch eine viel tiefere Verstrickung. Sie wußte keine Bezeichnung dafür, für dieses rätselhafte Gefühl, das mehr war als Liebe, oder vielleicht weniger, und das nicht einfach Geschlechtstrieb war, obwohl Sex eine entscheidende Rolle spielte und alles zusammenhielt wie Drähte, die eine zerbrochene Schale halten. Sie hatten beide schon zu oft Bruchschäden erlebt und liebten sich daher in abergläubischer Behutsamkeit.

»Was du mir antust«, sagte er. »Wie du mich kennst. All meine Schwingungen.«

»Ich glaube, wir sind zutiefst verwandt«, erwiderte sie still. Sie dachte oft, er hasse sie, wenn sie ihn in etwas zu Zartes verwickelte. Doch ebenjetzt haßte er sie nicht.

Schließlich wurde es notwendig, daß sie in ihr Schlafzimmer zurückkehrte, weil er versprochen hatte, früh aufzustehen und mit den andern Herren auf die Speer-Fischjagd zu gehen.

Als sie ihn zum Abschied küßte, erhaschte sie einen Blick auf sich selbst, widergespiegelt in der verchromten Oberfläche des Kaffee-Flakons auf seinem Nachttisch: was ihr da entgegenblickte, waren Augen, die Genugtuung und Kummer und panische Angst ausdrückten. Jedesmal, wenn sie ihn verließ, befürchtete sie ihn nicht wiederzusehen; jeder Abschied konnte der letzte sein.

Die Herren brachen kurz nach sechs Uhr auf; sie hörte das Zuschlagen von Wagentüren, weil sie nicht hatte schlafen können.

Am Morgen hatte sie ihre erste Schwimmstunde. Es war abgemacht worden, daß sie stattfinden sollte, wenn die andern sich an den Frühstückstisch setzten. Ihr Lehrer war aus England geholt worden. Sie fragte ihn, ob er gut geschlafen habe. Sie fragte nicht, wo. Die Dienerschaft verschwand spätabends und verzog sich in Gebäude mit niedrigen Dächern. Der Hund ging mit ihnen. Der Lehrer wies sie an, die metallene Leiter rückwärts hinunterzusteigen. Wespen umkreisten sie, und sie dachte, wenn sie gestochen würde, könne sie sich vor dieser Stunde drücken. Keine Wespe tat ihr den Gefallen.

Von ein paar Kindern, die vorher geschwommen hatten, waren Plastikspielzeuge im Wasser geblieben: ein gelber Ring, der sich zum Hals und Kopf einer Ente ausreckte. Es war eine Ente mit einer durch und durch angewiderten Miene. Ein blauer Delphin war auch da, mit einem aufgemalten Namen, und allerlei Kriegsschiffe. Von Kindern der Gäste. Die älteren – es waren Knaben – kümmerten sich nicht um die Erwachsenen; sie zogen rauhbeinig und aufdringlich umher und nahmen jeden Vorteil wahr, der sich ihnen hier bot: nachts beobachteten sie geduldig und stundenlang die Eidechsen, während der Hitze des Tages blieben sie im Wasser, und am frühen Morgen sammelten sie Mandeln, für die sie einen Erntelohn von ihm erhielten. Eine schwarze Taucherflosse lungerte auf dem Grunde des Schwimmbeckens. Sie blickte hinunter und berührte sie mit den Zehen. Das waren ihre letzten freien Sekunden, die Sekunden, ehe der Unterricht begann.

Der Lehrer sagte ihr, sie solle sich setzen, sich hineinsetzen, als wäre es ein Bad. Er kauerte sich hin, und langsam kauerte sie sich ebenfalls hin. »Jetzt halten Sie Ihre Nase zu, und stecken Sie Ihren Kopf ins Wasser«, sagte er. Sie zog die Badekappe gut über Ohren und Stirn, um ihre Frisur zu schonen, und mit ihrer nun fest umklammerten Nase tauchte sie unter. »Spüren Sie es?« fragte er aufgeregt. »Spüren Sie, wie das Wasser Sie trägt?« Sie spürte nichts dergleichen. Sie spürte, daß das Wasser sie erstickte. Er sagte ihr, sie solle sich das Wasser aus den Augen drücken. Er war die Sanftmut selber. Dann tauchte er, schwamm, stand nach ein paar Stößen auf und schüttelte sich das Wasser aus seinem grauen Haar. Er nahm ihre Hände und ging rückwärts, bis sie sich auf Armeslänge gegenüberstanden. Er bat sie, sich auf den Bauch zu legen und so zu bleiben. Er versprach, ihre Hände nicht loszulassen. Jedesmal, wenn sie drauf und dran war, es auszuführen, hielt sie inne: zuerst weigerte sich ihr Körper, dann ihr Wille. Sie glaubte, wenn sie die Füße vom Grunde wegnähme, würde das Unsagbare passieren. ›Wovor fürchte ich mich?‹ fragte sie sich. ›Vor dem Tod‹, sagte sie. Und doch war es das nicht. Es war vielmehr so, als ob grauenhafte Ereignisse vor ihrem Tod eintreten würden. Sie dachte, vielleicht der Todeskampf, den sie ausfechten würde.

Als es ihr glückte, sich während einer verzweifelten Minute auszustrecken, triumphierte er. Doch was sie betraf, war diese erste Stunde ein Fehlschlag. Während sie zum Haus zurückkehrte, begriff sie, wie verkehrt es gewesen war, einen Schwimmlehrer herkommen zu lassen. Das verlieh der Sache zuviel Wichtigkeit. Es würde sie dauernd dazu verpflichten, es zu erlernen. Die andern würden sich um ihre Fortschritte kümmern, nicht, weil es sie interessierte, sondern weil es, wie das Wetterleuchten und die vorbeifahrenden Segelboote, etwas war, worüber man plauderte. Doch sie konnte den Lehrer nicht nach Hause schicken. Er war ein alter Mann und noch nie im Ausland gewesen. Schon jetzt staunte er über die Natur. Sie mußte weitermachen. Während sie zur Terrasse ging, traute sie ihren Füßen auf dem festen Boden nicht mehr, ja, sie traute dem Boden selbst nicht mehr: er schien zu schwanken, und ihre Knie zitterten unkontrollierbar.

Als sie sich zum Frühstück hinsetzte, sah sie, daß man ihr ein Tellerchen mit Mandeln geschält hatte. Sie waren süß und frisch und erinnerten an die Lieblichkeit und Frische eines Morgens auf dem Lande. Sie schmeckten wie Haselnüsse. Sie sprach es aus. Niemand war ihrer Ansicht. Niemand war andrer Ansicht. Manche lasen die Zeitung. Hin und wieder las jemand eine Stelle vor, eine amüsante Stelle, die sich auf einen gemeinsamen Bekannten bezog, der irgend etwas Verrücktes, Wissenswertes getan hatte. Die Kinder lasen das Thermometer ab und stritten sich über den Schattenstrich auf der Sonnenuhr. Die Temperatur war bereits über dreißig Grad. Die Damen schmiedeten Pläne, mit dem Rennboot loszufahren, um auch den Oberkörper braun zu brennen. Sie lehnte ab. Er rief sie ins Treibhaus und sagte, sie könne etwas von ihrer freien Zeit an das Beaufsichtigen der Mahlzeiten wenden, weil die Sekretärin ziemlich viel zu tun habe.

Die Blätter der Passionsblume hingen an grünen Bindfäden, die unterhalb des Daches gespannt waren. Jedes Blatt wie die fünf Finger einer Hand. Grüne und gelbe Finger an der gleichen Hand. Keine Blüten. Die Blüten kamen später. Blüten, die nur einen Tag lebten. So hatte es wenigstens der Gärtner erzählt. Sie sagte: »Ich wünschte, wir wären hier, um eine zu sehen!« Er ging darauf ein: »Wenn du es wünschst, sind wir hier!« Aber natürlich konnte er einen andern Einfall haben und weggehen. Er wußte nie, was er tun würde. Niemand wußte es.

Als sie die riesige Küche betrat, war das erste, was die Dienstboten taten, daß sie ihr zulächelten. Frauen in Schwarz, in Schuhen mit weichen Sohlen, ganz Lächeln, keine Hinterhältigkeit in auch nur einem dieser lächelnden Gesichter. Sie hatte sich ein Buch mit Ausdrücken mitgebracht, und ein Notizbuch und ein englisches Kochbuch. Die Küche war wie ein Laboratorium – allerlei weiße Maschinen waren an den Wänden aufgestellt, Eisschränke surrten ihre verschiedenen Geschwindigkeiten ab, Ventilatoren hingen über jedem der elektrischen Herde, die roten und grünen Lichter auf den Wählscheiben wirkten leicht bedrohlich und als wären sie im Begriff, einen Alarm auszulösen. Auf dem Küchentisch lag ein gewaltiger Fisch. Er war am Morgen von den Gästen mit dem Speer erlegt worden. Das Maul stand offen, die Augen lagen so dicht beisammen, daß sie fast ein einziges Auge waren, die Unterlippe klaffte mitleiderregend. Die Flossen waren schwarz und von Öl verklebt. Sie standen alle da und schauten ihn an, sie und die sieben oder acht Frauen, denen sie sich verständlich machen mußte. Als sie sich hinsetzte, um das Rezept aus ihrem englischen Kochbuch abzuschreiben und in deren Sprache zu übertragen, stellten sie noch einen Ventilator an. Sie zerkleinerten bereits die Zutaten für die Abendmahlzeit. Drei junge Mädchen zerhackten Zwiebeln, Tomaten und Paprikaschoten. Sie schienen Freude an ihrer Arbeit zu haben, sie schienen dem Gemüseberg zuzulächeln, den sie so fleißig abtrugen.

Acht Picknick-Körbe sollten aufs Boot mitgenommen werden. Und Armladungen voller Handtücher. Die Kinder baten, die Handtücher tragen zu dürfen. Er trug die Reißverschlußtasche mit den Weinflaschen. Er schüttelte die Tasche, so daß die Flaschen in dem sie umgebenden Eis zu klirren begannen. Die Gäste lächelten. Er verstand es, die Menschen in seine Stimmung hineinzuziehen, ohne viel zu sagen oder zu tun. Andrerseits verstand er sich auch darauf, sich gegen die Menschen zu verschließen. Beides war von hypnotischer Wirksamkeit.

Sie überquerten die vier Felder, die zum Meer führten. Die Feigen waren hart und grün. Die Sonne strahlte wie eine Lötlampe auf ihren Rücken und ihren Nacken. Er sagte, sie müsse sich mit Sonnenbrandsalbe bekleistern. Es klang sonderbar feindselig, als er es so laut und vor den andern zu ihr sagte. Als sie sich dem Wasser näherten, spürte sie, wie ihr Herz loshämmerte. Das Wasser war ein einziger Glanz. Manche schwammen hinaus, einige stiegen ins Ruderboot. Sie ließ ihre Hand durch die krause Oberfläche des Wassers kämmen und dachte, wovor ich Angst habe, das sind weder Krämpfe noch Quallen noch Glasscherben. Es ist etwas anderes. Eine Leiter wurde seitlich über Bord gelassen, damit die Schwimmer vom Meer aus hineinklettern konnten. Ehe sie das Boot betraten, mußten sie die Sandalen wegschleudern. Der Boden bestand aus blondem Holz und war glühend heiß. Die Schwimmer mußten sich die Füße nachsehen lassen, ob Teer an den Sohlen klebte. Der Bootsmann stand mit einem in Petroleum getauchten Wattebausch bereit, um die Teerspuren abzureiben. Die Herren machten sich nützlich: der eine half den Motor in Gang zu bringen, einige spannten die Sonnensegel, andre trugen große, gestreifte Kissen herbei und warfen sie unter die Sonnensegel, hierhin und dorthin. Zwei

Knaben weigerten sich, an Bord zu kommen.

»Es macht mir solchen Spaß, meinen kleinen Bruder unter Wasser zu verhauen«, sagte ein Junge, und seine Stimme klang gleichzeitig bedrohlich und melodisch.

Sie lächelte und ging die Stufen hinunter, wo sich eine Küche und die Kabine mit vier Kojen befand. Er folgte ihr. Er sah sie an, atmete tief und murmelte etwas.

»Hol ihn raus«, sagte sie. »Ich will's jetzt, jetzt!« Furchtsam und launisch versessen. Wie er das liebte! Er stieß die Tür zu, und sie beobachtete, wie er sich abmühte, die Shorts herunterzulassen, jedoch die Kordel nicht aufknoten konnte. Jetzt war er der Unbeholfene. Wie er taumelte! Sie wartete einen marternden Augenblick und ließ ihn warten. Dann kniete sie sich hin, und als sie begann, stammelte er bei zusammengebissenen Zähnen. Er, der Tiere bändigen konnte, war hierin hilflos. Sie konzentrierte sich darauf und saugte, saugte mit all der Gier, die sie wirklich empfand, und mit all der vorgetäuschten Gier, die sie seiner Ansicht nach empfand (und in welchem Glauben sie ihn beließ). Mit der Schneide ihrer feinen, geraden Zähne drohte sie ihn ständig zu verstümmeln und streifte ihn doch nur eben. Niemand störte sie. Es dauerte kaum einige Minuten. Anstandshalber blieb sie etwas länger unten als er. Sie war durstig. Auf dem Fensterbrett lagen Paperback-Bände und Flaschen mit Sonnenöl. Auch ein Paar Reserve-Shorts, denen die Namen aller nur erdenklichen Dinge aufgedruckt waren: die Namen von Getränken und Hauptstädten, und die Fahnen von allen Nationen. Das Meer war, durchs Bullauge gesehen, ein harmloses Tröpfchen Blau.

Sie fuhren aus dem Hafen, vorbei an den andern drei Booten und der Kieferngruppe. Bald waren nur noch Meer und Felsen da, keine schilfbestandene Bucht, keine Stadt. Meile um Meile eines sinnverwirrenden Meeres. Der Wahn der Matrosen übertrug sich auch auf sie: die Illusion, daß es Land sei und daß sie es überqueren könne. Ein Land, das nirgends hinführte. Die Felsen waren zu jeder Form verwittert, die das Auge und der Geist begreifen konnten. Dicht über dem Wasserspiegel waren Öffnungen, die sich das Meer gewaltsam geschaffen hatte, manche gefräßig, andre nur eben groß genug, daß ein schmales Boot hindurchschlüpfen konnte. Einige klein und leer wie Augenhöhlen. Die Bäume auf den glatten Steilwänden der Felsen waren nichts weiter als ein ewiger Kampf, Baum zu sein. Vögel konnten sich dort nicht niederlassen und erst recht nicht dort nisten. Sie versuchte, nicht an den

Schwimmunterricht zu denken, die Erinnerung auf den Nachmittag zu verschieben, bis zur nächsten Stunde.

Sie kam herauf und gesellte sich zu den andern. Ein junges Mädchen saß im Heck zwischen lauter Kissen und spielte Gitarre. Sie trug lange, spatelförmige silberne Ohrringe. Eine selbsternannte Zigeunerin. Die Kinder spielten ›Ich seh auch was...‹, fanden es aber schwierig, neue Gegenstände zu entdecken. Sie mußten sich auf die Dinge beschränken, die sie um sich her sehen konnten. Sie merkte, daß Wind und Gischt sie kühl bleiben ließen, solange sie stand. Die Berge in der Ferne erschienen unwirklich, doch die in der Nähe funkelten, wenn die scharfen Steine von der Sonne getroffen wurden.

»Ich finde es ein bißchen unwirklich«, sagte sie zu einem Gast. »Wunderschön, aber unwirklich.« Sie mußte es herausschreien, weil der Motor so lärmte.

»Ich verstehe nicht, was Sie mit ›unwirklich‹ meinen«, entgegnete er.

Das Repertoire, das diese Leute hatten, war begrenzt, aber wirkungsvoll. In der Betonung barg sich der Stachel. Entsetzlich spitzfindig. Unmöglich, es damit aufzunehmen. Denn was einen so zermürbte, war im Grunde die furchtbare Verlegenheit, in die man gestürzt wurde.

War das Absicht oder nicht? Sie erinnerte sich noch gut an ein Gefühl, als sie einmal glaubte, ihr Gesicht sei von einem Spinnweb überzogen: daß sie es nicht mit der Hand ertasten konnte und daß sie nicht mit dem Finger auf deren Fäulnis hinweisen konnte, war genau das gleiche Gefühl. Ihre kleinen Bosheiten teilten sie einander auch gegenseitig aus und gingen dann kühl zum nächsten Thema über. Meistens redeten sie von Gegenden, in denen sie gewesen waren, und von Leuten, die gerade dort waren, und obwohl sie ununterbrochen redeten, sagten sie nichts über sich selber.

Sie picknickten an einem kleinen rötlichen Strand. Er aß sehr wenig, und hinterher ging er weg. Sie dachte zuerst daran, ihm zu folgen, unterließ es dann aber. Die Kinder wateten mit einem langen, von der Sonne gebleichten Stamm ins Meer hinaus, und eine von den Damen las jedermann aus der Hand. Ihr wurde eine Krankheit prophezeit. Als er zurückkehrte, gab er seine große gelbliche Hand nur widerstrebend her. Ihm wurde ein Sohn prophezeit. Sie wartete auf einen dankbaren Blick, der ihr aber nicht zuteil wurde. Statt dessen berichtete er einem Gast von einer schwarzen Schaluppe, die er als Kind so geliebt hatte. Sie dachte, was sieht er nur in mir, er, der das Meer so liebt und Schaluppen und Witze und Maskeraden und Hintrödeln? Was sieht er nur in mir, die keins von alledem liebt?

Ihr Schwimmlehrer brachte flache weiße Bretter. Er hielt das eine Ende, sie das andre. Sie blickte aufmerksam auf seine Hände. Sie waren sehr weiß, weil sie oft im Wasser waren. Sie lag auf dem Bauch und hielt sich an den Brettern fest und blickte auf seine Hände, ständig besorgt, sie könnten das Brett loslassen. Die Bretter hüpften dauernd auf und ab, was ihre Unsicherheit noch verstärkte. Er sagte, ein Seil wäre besser geeignet.

Vom großen Fisch waren die Gräten entfernt, und dann war er wieder zusammengesetzt worden. Eine verblüffende Täuschung. Sein Kopf und seine zu nah beieinanderliegenden Augen waren nicht mehr da. Auf ihren Rat hin hatte die Haushälterin die Zitronen aus dem Eisschrank genommen, damit sie wie Zitronen schmeckten und nicht wie gefrorener Schwamm. Jemand machte eine Bemerkung darüber, und sie empfand eine kindliche Freude. Wegen eines südlichen Windes entstand ein merkwürdiger nächtlicher Frohsinn. Sie tranken sehr viel. Sie sprachen von andern schönen Abenden, Abende, die durch den Wein und den

Wind und ein flüchtiges Wohlwollen wieder in ihnen lebendig wurden. Einer erzählte von Goldfasanen, die er beobachtet hatte, als sie in einem Hinterhof herumstolzierten; ein andrer erzählte von Zwerghühnern, die in der Dämmerung auf ein Tor aufgebäumt waren, so daß sie Musiknoten auf einem leeren Taktstrich glichen; keiner sprach von Liebe oder Familie: ein Landschaftsbild oder die Natur oder ein Windhund hatten die besten und heitersten Erinnerungen in ihnen zurückgelassen. Sie durchlebte noch einmal eine Sturmnacht, als draußen auf der Weide ein Esel schrie und ein vom Wind abgedrehter Ast quer über die Landstraße gefallen war. Nach dem Essen gingen verschiedene Paare spazieren oder schwimmen, oder sie suchten ihre Kinder. Die drei Herren, die ledig waren, gingen ins Dorf, um zu rekognoszieren. Die Damen vertrauten einander die Diät an, die sie gerade einhalten mußten, oder die Gesichtscreme, die sie für besonders wirkungsvoll hielten. Eine geschiedene junge Frau sagte zu ihrem Gastgeber: »Aber du *mußt* mit mir schlafen, du mußt einfach!«, und er lächelte. Es war nicht mehr als ein Scherz, nur eine weitere Bemerkung im Verlauf einer seltsamen Nacht, zu der auch Grillen und Laubfrösche und das Geräusch von heimlichen Küssen gehörten. Die drei ledigen Herren kamen bald zurück und berichteten, die einzige Bar sei voll von Deutschen, und der Whisky sei minderwertig. Der eine, der sie am meisten wegen des Schwimmens verhöhnt hatte, setzte sich ihr zu Füßen und sagte, wie wahnsinnig hübsch sie sei. Er fragte sie nach Einzelheiten über ihr Leben aus, über ihre Arbeit und ihre Ausbildung. Doch diese Freundlichkeit bestärkte sie nur in ihrer Überzeugung von ihrer eigenen Einsamkeit, ihrem Abseitsstehen. Sie beantwortete jede Frage ernst und aufmerksam. Daß sie ihm Rede und Antwort stand, war ein Bejahen ihrer Sehnsucht, sich den andern anzupassen. Er schien ein wenig eifersüchtig, deshalb stand sie auf und ging zu ihm. Im Grunde gehörte er ebenfalls nicht zu ihnen. Er war der Regisseur, der sie alle zu seiner Unterhaltung auftreten ließ. Wenn die andern nicht dabei waren, erreichte sie ihn fast. Es war, wie wenn er durch einen Knoten zusammengebunden war, den sie vielleicht, vielleicht würde lösen können, falls sie auf lange Zeit ihr eigenes Leben lebten und, unabhängig von andern Leuten, ein wahres Gefühl pflegten. Aber würden die andern jemals weggehen? Sie wagte nicht zu fragen. Für jene Art von Diskussion wurde ihr nur ein Schweigen zuteil.

Sie stahl sich in die Zimmer der andern, um Anhaltspunkte für ihr Privatleben zu finden – um zu sehen, ob sie Heftpflaster, Verdauungspillen, Gesichtstücher, all die üblichen Dinge des täglichen Bedarfs mitgebracht hatten. Auf einem Frisiertisch sah sie einen Perückenstock mit sehr kunstvoll gelocktem blondem Haar. Auf der Vorderseite des Perückenstocks waren bunte Metallschuppen so angeordnet, daß sie die Züge einer altägyptischen Königin wiedergaben. Die geschiedene Frau hatte ein Babykopfkissen in einem gelben Musselin-Bezug. Manche hatten Wein in Flaschen mit heraufgenommen, und obwohl sie ihn nicht getrunken hatten, wurde er doch nicht weggeräumt. Die Dienstboten rührten nur an, was auf dem Fußboden herumlag oder in den Papierkörben steckte. Sachen, die gewaschen werden sollten, wurden auf den Fußboden geworfen. Es gehörte zur Hausordnung, genau wie zur Abendzeit die Cocktails auf der Terrasse. Manche hatten Postkarten geschrieben, die sie eifrig las. Die Karten verrieten ihr nichts, außer, daß alles ›super‹ war.

Seine Sekretärin, ein verschüchtertes Mäuschen, ging ihr aus dem Wege. Vielleicht wußte sie zuviel. Über Pläne, die er für die Zukunft gemacht hatte.

Sie schrieb ihrem Arzt:
»Ich nehme die Beruhigungspillen, aber ich bin deshalb doch nicht entspannter. Könnten Sie mir andere schicken?«
Sie zerriß den Brief.

Das Salz in der Seeluft schadete der Frisur. Sie kaufte sich eine Brennschere.

Eine Frau, die in andern Umständen war, bestreute sich auch tagsüber dauernd mit Babypuder und strich ihn über ihren Bauch. Sie tranken stets zusammen Tee. Sie waren befreundet. Sie dachte, wenn diese Frau nicht in andern Umständen wäre, ob sie dann wohl auch so liebenswürdig zu mir sein würde? Sie begann schon in ihr Wurzel zu fassen – deren Art zu denken.

Der Schwimmlehrer legte ihr ein Seil über den Kopf. Sie schob es zur Taille hinunter. Sie hörten ein »Quak-quak!« Sie war überzeugt, daß die Plastikente gequakt hatte. Sie lachte, als sie die Schlaufe zurechtzog. Auch der Lehrer mußte lachen. Er hatte das Seil fest in der Hand. Sie begann durchs Wasser zu dreschen, ohne daran zu denken, wo sie war. Manchmal machte sie es gut, manchmal mußte sie wie ein Stück Treibholz an Land geholt werden. Sie konnte nie vorhersagen, wie das Hineintauchen jeweils enden würde; sie wußte nie, wie es sein würde oder was für Gedanken sie plötzlich behindern mochten. Doch jedesmal sagte er: »Ausgezeichnet! Ausgezeichnet!« In seiner Überschwenglichkeit fand sie Trost.

Eine Frau, die Iris hieß, schwamm zu ihrer Jacht hinaus. Sie schlenkerte im Wasser herum und hielt sich mit der einen Hand an der Seite des Bootes fest. Ihr Nagellack war wunderschön aufgetragen, und die Nägel hatten den satten, tiefen Glanz von Perlen. Im Gegensatz zu dem Perlglanz-Anstrich waren die Halbmonde von einem keuschen Weiß. Ihr ganzes Wesen war so – voller Glanz! Für jedes einzelne Gesicht hatte sie ein Lächeln, und für alle, die sie schon kannte, hatte sie ein paar Worte bereit. Einer von den Herren fragte sie, ob sie verliebt sei. Verliebt! Sie verspottete ihn. Sie erklärte, ihre gute Laune verdanke sie ihrer Atmung. Sie erklärte, das Leben sei eine Frage richtiger Atmung. Sie war hergeschwommen, um sie zu einem Drink einzuladen, doch er lehnte ab, weil er nach Hause müsse. Ein paar Rechtsanwälte waren zum Lunch eingeladen worden. Sie hörte es, ohne enttäuscht zu sein, und als sie wieder ans Ufer zurückschwamm, kläffte ihr Pudel, der sie dort erwartet hatte, und sie kläffte auch und ahmte sein Bellen täuschend nach. Wer sie von früher her kannte, sprach von ihrer überraschenden Heiterkeit. Beim Mittagessen machte er wieder darauf aufmerksam. Jemand erwähnte ihre früheren Seitensprünge und die Streitigkeiten mit ihrem Mann, seinen Tod, der für einen Selbstmord gehalten wurde, und das unangenehme Problem seiner Beerdigung, die sich aus religiösen Gründen als undurchführbar erwies. Schließlich mußte seine Leiche in ein kleines, an den öffentlichen Friedhof anstoßendes Stück Land gebettet werden. Alles in allem war es keine erfreuliche Geschichte, doch die strahlende Frau hatte ohne Spuren vergangenen Leids fröhlich im Wasser geschlenkert.

»Ja, Iris hat eine unglaubliche Willenskraft«, sagte er. »Unglaublich!«

»Willenskraft wofür?« fragte sie vom entgegengesetzten Ende des Tisches.

»Kraft zum Leben«, erwiderte er scharf.

Es war den andern nicht entgangen. Ein Muskel in ihrer Wange zuckte.

Wieder sprach sie mit sich selbst, machte ihrem gekränkten Ich Vorhaltungen: ›Ich versuch's ja, ich versuch's! Ich möchte zu ihnen passen, möchte mitmachen, möchte wie einer sein, der sich zu einer marschierenden Schar gesellt, wenn der Marsch schon begonnen hat.

Doch es ist etwas in mir, das ich Instinkt nenne, und das scheut vor eurer Art zurück. Es hat fast den Anschein, als wäre ich nur hier, um unter eurer Kritik zu leiden.‹ Und zog sich zurück in Träume und Selbstgespräch.

Sie posierte für eine Aufnahme. Neben der in Stein gehauenen Dame. Sie ahmte die Pose der Dame nach: die Hände übereinandergedeckt und auf die linke Schulter gelegt, und den Kopf zu den Händen hinübergeneigt. Er nahm es auf. Klick, klick. Die Marmordame war die Frau des Bildhauers gewesen und eines tragischen Todes gestorben. Die Hände mit den unnatürlich langen Nagelbetten waren das Beste daran. Klick, klick. Als sie nicht aufpaßte, machte er noch eine Aufnahme.

Sie fand die Haushaltsbücher in einer Schreibtisch-Schublade und war erstaunt über die Eintragungen. Über Dinge wie Milch und Streichhölzer hatte abgerechnet werden müssen. Sie dachte: ist seine Freigebigkeit wirklich tief verwurzelt? Die Haushälterin hatte eine Handarbeit im Buch liegen lassen. Sie hatte altmodische Gewohnheiten und sträubte sich sehr gegen die modernen Küchengeräte. Sie bewahrte die Milch in kleinen Näpfen auf und deckte Mulltücher drüber. Dann entrahmte sie die

Milch mit ihren dicken Fingern und kippte den Rahm für den Morgenkaffee in kleine Ännchen. Was würden sie dazu sagen? Abends, wenn alle Arbeit getan war, saß die Haushälterin mit ihrem Mann auf der Hofveranda und stopfte und flickte. Sie hatten Kiefernzweige übers Dach gelegt, die verdorrten und hart wie Drahtgitter wurden. Ihr Mann schnitzte Figuren aus weichem weißem Holz, und im Dunkeln legte er sein Messer beiseite und kitzelte seine Frau an den Zehen. Sie hörte es, als sie sich in die Küche schlich, um sich ein paar Feigen aus dem Eisschrank zu holen. Es war rührend, aber auch beunruhigend.

Der Schwimmlehrer ließ das Seil los. Sie bekam panische Angst und hörte auf, ihre Arme und Beine zu benutzen. Das Wasser um sie her begann zu steigen. Das Wasser hatte völlige Gewalt über sie. Sie wußte, daß sie krampfhaft schrie. Er mußte, wie er ging und stand, angekleidet hineinspringen. Hinterher saßen sie in der Wäschekammer, jeder in eine Wolldecke eingehüllt, und tranken Kognak. Sie versprachen sich gegenseitig, es niemandem zu sagen. Der Kognak stieg ihm sofort zu Kopf. Er sagte, in England würde es jetzt regnen, und die Menschen würden an den Bus-Haltestellen Schlange stehen, und seine Augen strahlten, weil er selber ein besseres Los gezogen hatte.

Mehr als einer von den Gästen hieß Teddy. Einer dieser Teddies erzählte ihr, daß er frühmorgens, ehe seine Frau aufwachte, im Ankleidezimmer Proust läse. Das mache es ihm möglich zu onanieren. Es hatte nichts weiter zu bedeuten, als wenn er ihr gesagt hätte, er vermisse den Speck zum Frühstück. Zum Frühstück gab es Obst und Rührei. Speck war auf der Insel eine Seltenheit. Sie erzählte den älteren Kindern, die Plastikente sei ein gutes Medium, sie habe gequakt. Alle lachten. Ihr Lachen war echt, aber sie lachten noch lange, nachdem der Witz schon abgegriffen war. Ein Mädchen fragte: »Soll ich Ihnen eine unanständige Geschichte erzählen?« Die Jungen wollten sie anscheinend daran hindern. Das Mädchen erzählte: »Es war einmal eine Dame, zu der kam jeden Abend ein blinder Mann, um sich einen halben Shilling zu holen, und eines Tages, als sie in der Badewanne lag, läutete es an der Haustür, und sie zog einen Morgenrock an und ging hinunter, und es war der Milchmann, und sie stieg wieder in die Badewanne, und es läutete wieder, und diesmal war's der Bäckerjunge, und um sechs läutete es wieder, und sie dachte, diesmal brauche ich meinen Morgenrock nicht anzuziehen, es ist bestimmt der Blinde, und als sie die Tür aufmachte, sagte der Blinde: ›Madam, ich wollte Ihnen gern erzählen, daß ich sehend geworden bin!‹« Und das Gelächter, das überhaupt noch nicht richtig aufgehört hatte, brach wieder los, und der ganze Berg hallte davon wider. Nie hatte sie auf den Spaziergängen einen Käfer oder einen Singvogel bemerkt. Sie mußte auf die Zeit achten. Das Abendessen der Kinder war früher angesetzt. Sie aßen auf der Hofveranda, und oft ging sie zu ihnen und stahl sich eine Sardine oder ein Stück Brot, um zu verhindern, daß sie vor dem Essen zu rasch beschwipst war. Man wußte nie, wie spät das Abendessen eingenommen wurde. Es hing von ihm ab, und davon, ob er schlechte Laune hatte oder nicht. Gäste aus den Nachbarhäusern kamen jeden Abend, um einen Drink zu nehmen. Das trug zur Abwechslung bei. Die Gespräche drehten sich um Segeln und Rennbootfahren, um Gärten oder um Schwimmbecken. Alle schienen sich brennend für diese Themen zu interessieren, sogar die Damen. Einer, der stets dem Schnee nachreiste, wußte für jede Woche des Jahres im voraus, wo der beste Schnee zu finden war. Dieses Thema langweilte sie nicht so sehr. Der Schnee war wenigstens etwas, an das man gern dachte, und wie er ihn beschrieb, war er trocken und blau und harsch unter den Skiern. Oft hörten sie die Kinder noch lärmen, doch nach der Cocktailstunde tauchten sie nicht mehr auf. Sie dachte, daß es vielleicht besser würde, wenn sie erst einmal verheiratet waren und Kinder hatten. Dank deren freundlicher Genehmigung würde sie in ihrem Rang bestätigt. Im Grunde war es ein Schwindel – die Tatsache, daß so kleine Würmer, die so lächerlich leicht zu produzieren waren, eine Beziehung zu festigen vermochten. Aber sie würden es tun. Jeder machte Andeutungen, wie sehr er sich einen Sohn wünschte. Er wurde bald sechzig. Sie hatte aufgehört, empfängnisverhütende Mittel zu benutzen, und er hatte aufgehört, sie daran zu erinnern. Vielleicht war das seine Art, sich zu entscheiden und sie endgültig zu akzeptieren.

Möweneier, bereits geschälte Möweneier wurden auf den Tisch gebracht. Der Dotter war ein sehr zartes Gelb. »Wo sind die Schalen?« fragte die dicke, in Krepp gehüllte Dame. Die Schalen mußten herbeigebracht werden. Sie waren fast zu Pulver zerkrümelt, doch sie wurden trotzdem gebracht. »Wo sind die Nester?« fragte sie. Es zündete nicht. Sie hätten vielleicht darüber gelacht, wenn sie es gehört hätten, aber eine Bö hatte plötzlich eingesetzt, und alle sprangen auf und trugen Sachen ins Haus. Der

Wind wurde kräftiger. Er peitschte die Geranienblüten von den Stauden herunter und stürzte sich auf die Kerzenflammen, so daß sie sich hierhin und dorthin bogen und die Glasleuchter Sprünge bekamen. In der Nacht hatten ihre Umarmungen all die Lindigkeit und all die Erlösung, welche die Erde nach dem lange ersehnten Regen empfinden mußte. Jetzt war er ein anderer Mensch, mit einer andern Stimme, liebevoll und zutraulich und betörend. Es fiel schwer, noch an seine Kälte, seine Abwehr gegen sie zu glauben. Vielleicht würde, wenn sie sich stritten, der Streit sie einander näherbringen, genau wie die Liebesumarmungen? Aber sie stritten nie. Er sagte, er habe nie mit einer seiner Frauen Streit gehabt. Sie schloß daraus, daß er seine Frauen, wenn es einmal bis zu diesem Punkt gekommen war, verlassen hatte. Er sprach es nicht aus, aber sie spürte, daß es so gewesen sein mußte, denn einmal hatte er gesagt, all seine Ehen wären glücklich gewesen. Er hatte gesagt, es sei zu Streitigkeiten mit Männern gekommen, doch die seien fair. Er hatte einen besseren Kontakt mit Männern; zu Frauen war er charmant, doch es war ein Charme, der sie bewußt auf Abstand hielt. Er hatte einen Vater gehabt, der ihn tyrannisierte und ihm seine Erbschaft länger vorenthielt, als es recht war. Sie hörte es von einem Gast, der ihn schon seit vierzig Jahren kannte. Durch seinen Vater hatte er sehr zu leiden gehabt – auf welche Art, das erfuhr sie nicht, und sie konnte ihn auch nicht danach fragen, denn es war eine Auskunft, von der ihr auch nicht der kleinste Hinweis hätte zu Ohren kommen dürfen.

Nach ihrem Ausflug zu den römischen Höhlen kamen die Kinder mit einem Bärenhunger nach Hause. Eins von den Kindern beanstandete, daß das Essen kalt sei. Die Bedienerin, die eine gewisse Respektlosigkeit dahinter vermutete, erzählte es ihrem Herrn, und beim Mittagessen brach die Tafelrunde ob der Geschichte in tosendes Gelächter aus. Man erzählte sie sich immer von neuem. Er rief ihr zu, ob sie es auch gehört habe. Manchmal zeichnete er sie auf diese Art vor den andern aus. Es war eine der seltenen Gelegenheiten, die den Gästen einen flüchtigen Blick auf das Band zwischen ihnen gewährte. Ja, sie hatte es gehört. »Reizend, ganz reizend«, antwortete sie. Dieses Wort kam jetzt dauernd in ihrem Wortschatz vor. Sie erlernte deren Sprache. Und das Schmeicheln. »Fern der Heimat, wo die Rinder grasen.« Die Rinder hatten Weideland, wo sie herumstreifen konnten, und einen Wassertrog in der Nähe des Hauses. Die Erde um den

Wassertrog war aufgewühlt und schmutzig von ihrem Getrampel. Ihre Angehörigen waren Farmer; sie nahmen die Hauptmahlzeit am Mittag ein; sie hatten oft Krach. Ihr Vater war eines Abends nach dem Essen verschwunden: er hatte gesagt, er ginge das Vieh zählen, nahm eine Taschenlampe mit und kam nie wieder. Die Leute drückten ihr Beileid aus, aber sie und ihre Mutter waren heimlich erleichtert. Vielleicht hatte er sich in einem der vielen Moorseen ertränkt, oder er hatte einen andern Namen angenommen und war in eine große Stadt gezogen. Jedenfalls hatte er sich nicht am nächsten Baum erhängt oder eine ähnliche Albernheit begangen.

Sie lag auf dem Rücken, während der Lehrer ihr mit der Hand unter ihrem Rückgrat durchs Schwimmbecken half. Der Himmel über ihr war von einem unschuldigen, makellosen Blau, mit weißen Bändern, wo die Jetflugzeuge vorübergeflogen waren. Sie ließ ihren Kopf weit hintenüber sinken. Sie dachte: ›Wenn ich mich gänzlich hingeben könnte, wäre es ein Vergnügen und eine Leistung‹, aber sie konnte es nicht.

Argoroba hingen wie schwarzgewordene Bananenschalen an den Bäumen. Die Männer pflückten sie früh am Morgen und packten sie als Winterfutter in Säcke. In der Scheune, in der die Säcke aufbewahrt wurden, roch es nach Verwesung. Eine alte Ölpresse stand auch da. In der Wäschekammer nebenan duftete es angenehm nach frischem Leinen. Die Dienstmädchen benutzten zuviel Bleichmittel. Die Kleidungsstücke verloren nach einer Wäsche ihre kräftigen Farben. Sie pflegte in dem einen oder andern der beiden Räume zu sitzen und zu lesen. Als sie in die Bibliothek ging, um sich ein Buch zu holen, saß er in einem der beiden mit Drell bezogenen Régence-Sessel. Wie auf einem Thron. Der eine Sessel war echt, und der andre eine Nachahmung, aber sie konnte sie nie auseinanderhalten. »Ich habe dich gestern gesehen, du wärst beinah ertrunken«, sagte er. »Ich muß noch einige Stunden nehmen«, erwiderte sie und ging fort, aber ohne das Buch, das sie hatte holen wollen.

Seine Tochter aus dritter Ehe hatte einen Taillenumfang von achtzehn Zoll. An ihrem ersten Abend trug sie einen weißen Hosenanzug. Sie streckte die Beine aus, und als sich das Plissee öffnete, erinnerten die kleinen Falten an eine Ziehharmonika. Bei Tisch saß sie neben ihrem Vater und starrte ihn mit gebührendem Respekt an. Er erzählte eine Anekdote von einer gefährlichen Leopardenjagd. Es gab Hummer – als besonderen Leckerbissen. Die

Hummerschwänze, die sich von einem Gedeck zum nächsten krümmten, verbanden sie herzlicher als die Gespräche. Sie versuchte sich an etwas zu erinnern, das sie an jenem Tag gelesen hatte. Sie hatte nämlich entdeckt, daß sie die andern bei Tisch mit etwas Auswendiggelerntem unterhalten konnte.

Später sagte sie: »Der Gorilla hilft sich mit Essen, Trinken und Kratzen über seine Angst hinweg.« Alle lachten.

»Also hör mal!« rief er spöttisch. Wenn sie zu selbstsicher war, wäre er also auch nicht einverstanden, ging es ihr durch den Kopf. Oder vielleicht hatte er es nur gesagt, um seiner Tochter näher zu sein?

Es gab Augenblicke, in denen sie sich sicher fühlte. Im Geiste wußte sie genau, welche Bewegungen sie zu machen hatte, um im Wasser voranzukommen. Sie konnte sie nicht machen, aber sie wußte, was sie tun sollte. Unter dem Tisch bewegte sie die Hände und versuchte, tiefer und tiefer in das Element vorzustoßen. Niemand erwischte sie dabei. Das Wort Plankton wollte ihr nicht aus dem Sinn. Sie sah es in Mengen, undurchdringlich grün und gewunden, wie es ihren Fingern die Kraft nahm. Sie konnte es fast schmecken.

Seine letzte Frau hatte ihm ein Puffbrett in grünen und roten Farben gestickt. Es war wunderschön. Die dicke Frau spielte nach dem Essen mit ihm. Sie setzten das Spiel von einem Abend zum nächsten fort. Sie schienen sehr zufrieden dabei. Die Frau trug jeden Abend eine andere Garnitur Ringe, und er unterließ es nie, sie zu bewundern und ihr Komplimente zu machen. Zu Leuten, die nicht mit Schönheit bedacht worden waren, verhielt er sich besonders liebenswürdig.

Wegen ihrer Brennschere brannten alle elektrischen Sicherungen durch. Die Leute stürzten aus den Schlafzimmern, um zu hören, was passiert sei. Er ließ sich seinen Ärger nicht anmerken, aber sie spürte ihn. Am nächsten Morgen mußten sie ein Telegramm schicken, um einen Elektriker zu bestellen. Im Telefonamt saßen zwei Männer: der eine faltete die blauen Papiere, der andre strich mit einem feinen Pinsel Klebstoff darauf, legte dünne weiße Streifen über das Blau und drückte sie mit seinen Händen fest herunter. Auf den weißen Umschlägen waren bereits Namen und Wohnort vorgedruckt. Das Motorrad stand im Haus, um die Reifen vor der Sonne zu schützen, und auch, damit es nicht gestohlen würde. Mußte ein Telegramm ausgetragen werden, dann wechselten sich die beiden Männer ab. Sie ersparte dem einen von ihnen eine Fahrt, denn während sie wartete, traf ein Telegramm von einem kürzlich abgereisten Gast ein. Es stand nichts weiter darauf als »Danke, Harry«. Die Gäste vergaßen unweigerlich irgend etwas, und in ihren Dankes-Telegrammen erwähnten sie dann, was sie vergessen hatten. Sie vermutete, daß einige von den ineinandergestapelten Hüten, die auf dem Steinsims lagen, auch vergessen oder einfach ausrangiert waren. Einen grünen, der schon kein Band mehr hatte, mochte sie besonders gern.

Der Schwimmlehrer bat, zum Souvenirladen gefahren zu werden. Er kaufte ein gläsernes Zierstück und ein Halsband für seinen Hund. Auf dem Rückweg schenkte ein Mann in der Tankstelle den Kindern einen Vogel. Sie trugen ihn in die Kapelle und machten ihm ein Nest. Das Dienstmädchen warf ihn in den Papierkorb, mitsamt dem Nest. Beim Essen abends war von nichts anderem die Rede. Das erinnerte ihn an sein Fisch-Erlebnis, und er erzählte es den neu eingetroffenen Gästen: wie er eines Morgens seine Harpune fahrenlassen mußte, weil sich die Angelschnüre verheddert hatten, und wie er am nächsten Morgen, als er wieder hinging, den Hai entdeckte, der in die Höhle geflüchtet war und zwei große Felsbrocken im Maul hatte, in die er sich – offenbar, um sich zu befreien –, verbissen hatte. Der Vorfall hatte einen tiefen Eindruck auf ihn gemacht.

»Heißt das Boot nach Ihrer Mutter?« fragte sie seine Tochter. Der Name ihrer Mutter war Beth, und das Boot hieß *Miss Beth*. »Er hat es nie gesagt«, antwortete die Tochter. Nach dem Mittagessen zog sie sich stets zurück, wahrscheinlich, um nicht zu stören. Trotz der Hitze bestand er darauf, daß sie in sein Zimmer gingen. Und bestand darauf, daß sie etwas Neues erfanden. Sie probierte es mit einem kräftigen grünen Stengel, und um ihn zu erregen, bewunderte sie den Stengel und verglich ihn mit seinem Glied. Er beobachtete sie. Er konnte einen solchen Wettbewerb nicht aushalten. Mit ihrem nach unten hängenden Kopf, dicht über dem Fliesenboden, sah sie all die Öle und Salben auf seinem Badezimmerbord und versuchte, ihre Schilder verkehrt herum zu lesen. Gefallen mir all diese Liebesspiele? fragte sie sich. Sie mußte zugeben, daß es möglicherweise nicht der Fall war, daß sie zu lange dauerten und daß das, was sie begehrte, Verstrickung war, Verstrickung und Bedrohung.

Alle erzählten sich ihre Träume. Es war ihre Idee gewesen. Er war als erster an der Reihe.

Alle waren darauf bedacht, ihn in guter Stimmung zu erhalten. Er sagte, in einem Traum habe er einmal seinen Hund verloren, und sein Kummer sei groß gewesen. Er schien noch mehr sagen zu wollen, doch er tat es nicht, oder er konnte es nicht. Ja, er wiederholte die ganze Sache noch einmal. Als sie an der Reihe war, erzählte sie einen andern Traum als den, den sie eigentlich hatte erzählen wollen. Einen kurzen, einfachen kleinen Traum.

In der Nacht hörte sie, wie ein Gast, eine Frau, laut weinte. Am Morgen trug die gleiche Frau ein flammend rotes Hausgewand und lobte die Marmelade, von der sie wenig aß.

Sie bat, daß die Anzahl der Schwimmstunden erhöht würde. Sie hatte drei Stunden täglich, und sie fuhr nicht mit den andern im Boot hinaus. Zwischen den Stunden ging sie am Ufer entlang. Die Kiefernstämme waren so weiß, als hätte eine Drehbank sie bearbeitet. Die Winterwinde als Drehbank! Im Winter würden sie wegziehen, um Freunde wiederzusehen, Geschäftskonferenzen und Kunstausstellungen nachzuholen, Geschenke zu besorgen, einzukaufen. Er verabscheute Koffer und liebte es, daß seine Garderobe auf ihn wartete, wohin immer er reiste – und so war es denn auch.

Im Geiste sah sie einen Wandschrank mit seinen ordentlich aufgestapelten Wintersachen, sie sah seinen Friesumhang mit dem schwarzen Persianerkragen, und sie wurde von einer solchen Sehnsucht nach der unausstehlichen Jahreszeit und der unausstehlichen Stadt gepackt und nach ihm, wie er in seiner ganzen Länge in diesem Umhang steckte, wenn sie in der Kälte aufbrachen, um in irgendein Theater zu gehen. Wanderte sie am Ufer entlang, dann wiederholte sie im Geiste die Schwimmbewegungen. Sie hatten all ihr Denken überflutet. Waren in ihre Träume eingedrungen. Grauenhafte Träume von ihrer Mutter, ihrem Vater, und dann einen andern, wo junge Löwen sie umringten, während sie in einer Hängematte lag. Die Löwenjungen lauerten darauf, über sie herzufallen, sowie sie sich rührte. Die Hängematte schwankte natürlich. Jedesmal, wenn sie aus einem dieser Träume erwachte, war sie überzeugt, daß die Angstrufe Echos aus ihrer Kindheit waren, und dann aß sie die Feigen, die sie mit heraufgenommen hatte.

Er legte ein Taschentuch, das wie ein Brief gefaltet war, vor ihren Teller auf den Tisch. Als sie es öffnete, fand sie ein paar Zweiglein frischer Minze, mit breiten Blättern und kühl. Er hatte sie offenbar zuerst in den Eisschrank gelegt. Sie roch daran und ließ sie herumgehen. Dann stand sie impulsiv auf, um ihn zu küssen, und auf dem Rückweg zu ihrem Platz wäre sie beinah in eine Dienerin mit der heißen Suppenterrine gerannt, so aufgeregt war sie.

Ihr Schwimmlehrer war ihr Freund. »Wir gewinnen, wir gewinnen«, sagte er. Vom Morgengrauen an ging er spazieren, wanderte über die Hügel und sah die Erde im Morgentau. Er trug ein Taschentuch auf dem Kopf, in das er über den Ohren Knoten machte; aber wenn er in die Nähe des Hauses kam, nahm er seinen Kopfputz ab. Sie begegnete ihm auf einem seiner Morgengänge. Als die Zeit für sie näher rückte, konnte sie weder schlafen noch Sex haben. »Wir gewinnen, wir gewinnen!« Er sagte es immer, einerlei, wo er sie traf.

Sie fuhren los, um Fingerschalen zu kaufen. In der Glasfabrik waren magere Knaben mit sehr weißer Haut, die mit Hilfe von Schüreisen Glasstücke packten und in die Öfen warfen. Der ganze Raum roch nach Holz. In den Ecken lagen Stöße von Kleinholz. Zwischen den vergitterten, viereckigen Fenstern waren oben längs der Wand Löcher angebracht. Die Decke war hoch, und doch war es wie in einem Backofen. Fünf Kätzchen mit Rattenschwänzen lagen unbeweglich zu einem Bündel verschnürt. Ein Junge, der sich in einem Eimer voll Wasser gewaschen hatte, holte die Kätzchen und tauchte sie eins ums andere ein. Sie nahmen an, daß es aus Barmherzigkeit geschah. Später brachte er am Ende eines Schüreisens eine heiße blaue Blase an und legte sie vor ihr nieder. Als die Flamme hinstarb, wurde die Blase lila, und als sie noch mehr abkühlte, war sie fast farblos. Sie hatte die Form einer Seeschlange und einen unnatürlich langen Schwanz. Ihre Farbe und die endgültige Gestalt waren ein Zufall, aber sie war bestimmt als Geschenk gedacht. Sie konnte nichts andres tun als ihn anlächeln. Während sie wieder weggingen, sah sie ihn neben dem Auto warten, und als sie einstieg, winkte sie ihm traurig. Am Abend gab es Spargel, und das war der Grund, weshalb sie sich die Mühe gemacht hatten, Fingerschalen zu besorgen. Die Schalen waren blau und ganz von kleinen Bläschen durchsetzt, und wenn die Bläschen auch ein Defekt sein mochten, verliehen sie dem dicken Glas doch den Anschein von Rauhreif.

Ein neuer Hund war da, ein Köter, für den er sich nicht interessierte. Er sagte, die Diener besorgten nur deshalb neue Hunde, weil er Geld dafür angewiesen hatte. Doch da sie nicht mehr als ein Tier füttern wollten, wurde der Hund des voraufgegangenen Sommers einfach getötet oder im Gebirge ausgesetzt. All diese Hunde gehörten der gleichen Rasse an und waren halbe Wölfe. Sie fragte sich, ob sie sich, wenn man sie im Gebirge ließ, wieder in Wölfe verwandelten. Er erklärte feierlich vor der ganzen Tafel, daß er nie wieder sein Herz an einen Hund hängen werde. Sie wandte sich unmittelbar an ihn: »Ist es möglich, das im voraus zu wissen?« Er antwortete nur mit ja. Sie konnte sehen, daß sie ihn verstimmt hatte.

Er kam dreimal, und hinterher hustete er sehr. Sie setzte sich neben ihn und streichelte seinen Rücken, doch als der Husten überhandnahm, schob er sie weg. Er beugte sich vornüber und hielt sich ein Kissen vor den Mund. Sie betrachtete eine Aufnahme seiner Lunge, rötlichgelbe Formen mit schwarzen Einschlüssen, die ein böses Zeichen waren. Sie wollte ihm ein einfaches Hausmittel geben, Milch mit Honig, aber er schickte sie fort. Als sie über die Terrasse zurückkehrte, konnte sie die Vögel hören. Die Vögel waren in ihre Lieder vertieft. Sie begegnete der dicken Frau. »Sie sind vom Wege abgewichen«, sagte die dicke Frau, »und ich auch.« Und sie verbeugten sich spöttisch.

Ein Archäologe hatte Ausgrabungen an einer Stelle vorgenommen, wo ein Holztempel entdeckt worden war. »Erzählen Sie mir von Ihrem Tempel«, bat sie.

»Ich würde sagen, vierhundert vor«, erwiderte er. Weiter nichts. Wie trocken!

Ein Junge, der sich Jasper nannte und lila Hemden trug, erhielt Briefe unter dem Namen John. Die Post lag geordnet auf dem Flurtisch, für jeden unter einem besonderen Stein. Ihre Mutter schrieb ihr, wie sehr sie auf gute Nachrichten warteten. Sie schrieb, hoffentlich würden sie sich vorher verloben, gab aber dann zu, sie sei drauf gefaßt zu vernehmen, daß die Heirat schon vollzogen sei. Sie wußte, wie unberechenbar er war. Ihre Mutter leitete in England eine Geflügelfarm und war ein Zwangsesser.

Ein paar junge Leute kamen und erkundigten sich, ob Clay Sickle im Haus wohne. Sie waren in Lumpen, aber es schien, daß sie die Lumpen absichtlich und der Wirkung halber trugen. Ihre Schuhe bestanden aus Autoreifen-Stücken, die mit Bindfaden zusammengehalten wurden. Sie stiegen alle aus dem Auto, obwohl die Frage von irgendeinem von ihnen hätte gestellt werden können. Er kam gerade vom Schwimmbecken zurück, und nach einem Gespräch von zwei Minuten Dauer lud er sie zum Abendessen ein. Neue Menschen waren wie ein

Nährboden für ihn. An jenem Abend standen sie im Rampenlicht: drei ungepflegte Burschen und das langhaarige Mädchen. Das Mädchen hatte auffallende Augen, mit denen sie der Reihe nach jeden Mann anstarrte. Sie hatte sich vorgenommen, einen von ihnen bloßzustellen. Die Burschen erzählten von ihren Ferien; sie hatten kein Geld mehr, und sie hatten Ärger mit dem Wagen, der einer Verleih-Firma in London gehörte. Nach dem Essen ereignete sich ein Zwischenfall. Das Mädchen folgte einem Mann bis ins Badezimmer. »Möchte mal sehn, was Sie da haben«, sagte sie und wollte durchaus zusehen, wie er pinkelte. Sie sagte, sie wäre zu jeder Art von Fick bereit, die er verlangte. Sie sagte, er wäre ein Trottel, wenn er es nicht mit ihr versuche. Es war zu spät, um sie wegzuschicken, denn sie waren vorher schon eingeladen worden, über Nacht zu bleiben, und in der Wäschekammer unten waren Notbetten aufgestellt worden. Das Mädchen ging als letzte hinüber. Sie begann ein Lied: »Rings um seinen Hahn blüht ihm ein bunter Ausschlag...« und kreischte noch immer, während sie den Hof überquerte und die Stufen hinunterging und eine Flasche schwenkte.

Am Morgen beschloß sie, allein zu schwimmen. Nicht etwa, daß sie kein Vertrauen zu ihrem Lehrer hatte, aber die Zeit wurde knapper, und sie war verzweifelt. Als sie zum Schwimmbecken ging, erschien einer von den Burschen in entliehenen weißen Shorts; er aß eine Banane. Sie grüßte ihn mit verkrampfter Munterkeit. Er sagte, es mache Spaß, vor den andern auf den Beinen zu sein. Er hatte einen großen Kopf mit geschorenem Haar, einen kurzen Hals und eine sehr große Nase.

»Am Strand bin ich immer am liebsten, da hat's alles angefangen«, sagte er. Sie meinte, er spreche von der Erschaffung der Welt, und als er das hörte, lachte er gemein. »Angenommen, eine Menge junge Leute sind da, und man albert mit 'nem Ball herum, und alle Sinnesdimensionen arbeiten...«

»Was?« fragte sie.

»Ein Harter bei...«

»Oh...«

»Und der Ball fliegt ins Meer und ich ihm nach, und sie mir nach, und sie nimmt den Ball aus meiner Hand entgegen, und ein konzentrierter Energieschauer, nennen wir's Liebe, findet von mir zu ihr statt, und umgekehrt, mit andern Worten: Reziprozität...«

Affektierter Schwengel. Sie dachte, weshalb muß er solche Menschen unter seinem Dach beherbergen? Wo ist seine Menschenkenntnis, wo? Sie kehrte ins Haus zurück und war wütend, weil sie die Gelegenheit zum Schwimmen verpaßt hatte.

Liebe Mutter, so eine Beziehung ist es nicht. Auch unverheiratet bin ich hier so, als wäre ich verheiratet und eindeutig aufgenommen, aber weder das eine noch das andre verleiht mir irgendeine Sicherheit. Es ist ein wunderschönes Haus, aber das Leben hier ist sehr anstrengend. Man kann leicht zerfasert werden: Freunde tun es Freunden an. Das Essen ist gut. Andre kochen es, doch ich bin verantwortlich für das Menü. Das Einkaufen erfordert Stunden. Die Läden haben einen besonderen Geruch, den man einfach nicht beschreiben kann. Sie sind alle dunkel, damit die Lebensmittel nicht verderben. Eine alte Frau geht mit einem Karren durch die Straße und verkauft Fische. Sie ruft ihre Ware mit durchdringender Stimme aus. Es klingt wie der Anfang eines Liedes. Immer sind sechs oder sieben kleine Mädchen bei ihr; sie haben alle durchbohrte Ohrläppchen und tragen schöne goldene Pantoffeln. Die Fliegen surren um den Karren, sogar, wenn er seinen Stand auf dem Platz hat; sie leben wahrscheinlich von Bröckchen und Fischschuppen. Wir kaufen nichts bei ihr, wir gehen zum Hafen und kaufen von den Fischern. Die Gäste essen, *bis auf eine Frau,* nur sehr wenig. Du würdest es greulich finden. Lauter Platin-Leute! Sie haben einen unheimlichen Selbsterhaltungs-Instinkt: sie wissen, wieviel sie essen dürfen, wieviel sie trinken dürfen, wie weit sie gehen dürfen. Man könnte glauben, daß *sie* jemanden wie Shakespeare erfanden, so eingebildet sind sie auf sein Genie. Sie sind nicht etwa dumm – keineswegs. Hier gibt es ein Schachbrett aus Elfenbein, das ist so groß, daß es auf dem Fußboden liegen muß. Ringsherum sind Sitzplätze von der richtigen Höhe aufgestellt.

Wenn ich an meine früheste Kindheit denke, Mutter, fällt mir dein nächtlicher Husten ein: er war eigentlich ein Vorwurf, und ich haßte ihn. Damals hatte ich keine Ahnung, daß ich ihn haßte, und das beweist, wie unzuverlässig unsre Gefühle sind. Wir wissen nicht, was wir zu einer bestimmten Zeit empfinden, und das ist sehr beunruhigend. Verzeih mir, daß ich den Husten erwähnte, es geschah einfach deshalb, weil ich finde, es wird höchste Zeit, über alles offen zu sprechen. Aber sorge dich nicht. Den Leuten hier ist man turmhoch überlegen. Kurz gesagt: wenn man harmlos ist, stempeln sie einen als Idioten ab. Sie richten sich nach Dschungel-Gesetzen, die du mir nie beigebracht hast. Konntest du auch nicht, da du sie gar nicht kanntest. Ja, ja!

Ich bringe dir ein Geschenk mit. Vielleicht

etwas aus Wildleder. Er sagt, die Handarbeiten hier wären scheußlich, und die Sachen gingen rasch kaputt, aber man kann sie immer wieder nachmachen lassen. Als ich klein war, hatten wir so hübsche Gelee-Formen aus Porzellan. Was ist aus denen geworden? Alles Liebe!

Wie der Brief an den Arzt, wurde auch dieser nicht abgeschickt. Sie zerriß ihn nicht, noch tat sie sonst etwas damit – er lag einfach in einem Umschlag da, und sie unterließ es von Tag zu Tag, ihn auf die Post zu bringen. Dieser neue Zug – diese Gewohnheit, alles aufzuschieben –, beunruhigte sie. Es war, als müsse zuerst etwas Lebenswichtiges überstanden werden. Sie gab dem Schwimmen die Schuld daran.

Am Tage, an dem das Schwimmbecken geleert wurde, verlor sie drei Unterrichtsstunden. Sie hörte, wie die Männer schrubbten, und von Zeit zu Zeit ging sie hin und stand über ihnen, wie wenn ihre Anwesenheit den Fortschritt der Arbeit beschleunigen und verursachen könnte, daß das Wasser in einem einzigen Wunderschwall einströmte. Er sah, wie sie sich aufrieb, und sagte, man hätte zwei Schwimmbecken bauen sollen. Er bat sie, mit den andern aufs Boot zu gehen. Das Sonnenöl und die Bücher lagen noch genauso da wie beim erstenmal. Die Klippenwände waren bezaubernder denn je. »Hallo, Klippe, kann ich von dir herunterfallen?« Sie winkte fröhlich. In einem kleinen Hafen sahen sie noch einen Millionär mit seiner Freundin. Die beiden waren allein, sogar ohne Bootsleute. Und aus irgendeinem Grunde ging ihr das sehr nahe. Beim Mittagessen wetteten die Männer, wer das Mädchen war. Sie machten Bemerkungen, wie hübsch sie sei, dabei hatten sie sie kaum gesehen. Das ins Schwimmbecken einströmende Wasser klang wie ein ferner Bergbach. Er sagte, bis zum Morgen würde es voll sein.

In den andern Häusern gab es schöne Dinge, aber ihres war das geschmackvollste. Was sie am meisten liebte, war der dunkle Messingleuchter aus Portugal. Wenn er abends brannte und seine Lichtkegel bis zu den Dachsparren vorstießen, dachte sie an Holzrauch und an unruhig flatternde Vogelschwingen. An Opfergaben. Ihr zuliebe ließ er in einem entlegenen Zimmer ein Kaminfeuer brennen, nur, damit der Holzrauch duftend in der Luft hing.

Die Suppe aus Brunnenkresse, die eine Spezialität sein sollte, schmeckte wie salziges Wasser. Niemand gab ihr die Schuld, aber hinterher blieb sie bei Tisch und grübelte, wieso es schiefgegangen war. Sie war niedergeschlagen. Auf ihre Bitte hin holte er noch eine Flasche Rotwein, aber er fragte sie, ob sie wirklich glaube, daß sie noch mehr trinken dürfe. Sie dachte, er versteht nicht, was mich bewegt. Allerdings verstand sie es selber nicht. Sie war betrunken. Sie trank trotzdem weiter. Sie beobachtete den Halbmond, ließ ihn von einer Seite zur andern kippen und fragte sich, wie berauscht sie wohl sein mochte, wenn sie erst stand. »Sag mal«, fragte sie ihn, »was dich interessiert?« Es war die erste unverfrorene Frage, die sie ihm je gestellt hatte.

»Oh, alles«, antwortete er.

»Aber im Innersten?« sagte sie.

»Entdecken«, antwortete er und ging weg. Aber nicht dein Selbst, dachte sie. Das nicht!

Ein Nervenarzt betrank sich und spielte auf der Orgel in der Kapelle Jazz-Musik. Er sagte, er könne nicht widerstehen, es wäre so vieles da, was man herunterdrücken könne. Die Orgel war verklemmt, weil sie nicht benutzt worden war.

Sie zog sich bald zurück. Am nächsten Tag sollte sie ihnen etwas vorschwimmen. Sie dachte, er würde sie besuchen. Falls er käme, könnten sie sich umschlungen halten und plaudern. Sie würde sein armes, verkümmertes Skrotum massieren und ihm Fragen über die Welt unter Wasser stellen, wo er jeden Tag tauchte, Fragen über die Tiefe, und ob es dort so etwas wie Blumen gäbe, und wenn er ihr antwortete, würde er ihr damit auch etwas über sich selbst verraten. Sie wünschte, daß der Orgelspieler vom Schlaf übermannt würde. Sie wußte, daß er nie kam, ehe sich jeder Gast zurückgezogen hatte, denn er tat merkwürdig verstohlen mit seiner Liebe.

Und das Orgelspiel ging weiter. Der Orgelspieler schien womöglich noch mehr in Schwung zu kommen. Als er endlich doch einschlief, öffnete sie die Fensterläden. Alle Lichter auf der Terrasse brannten. Die Nacht war still, ohne einen Windhauch. Von jenseits der Felder drang das Plätschern der Wellen her und dann, sich vortastend und wieder verstummend, der Klang einer Schafsglocke. Sogar ein Schaf spürte die tiefe Nacht. Der Leuchtturm arbeitete so getreulich wie ein schlagendes Herz. Der Hund lag auf einem Stuhl; er schlief, hatte aber die Ohren gespitzt. Auf andern Stühlen lagen Sweater und Bücher und Handtücher, die Überbleibsel eines angeregten Tages. Sie schaute und wartete. Er kam nicht. Sie bedauerte es, daß sie nicht zu ihm gehen konnte, nicht einmal in der Nacht, in der sie ihn am dringendsten brauchte.

Zum erstenmal fürchtete sie sich vor einem Krampf.

Am Morgen nahm sie drei Kopfwehtabletten und schluckte sie mit heißem Kaffee. Sie zerfielen im Mund. Da spülte sie mit Mineralwasser nach. Der Schwimmunterricht fiel aus, weil die Vorführung gleich nach dem Frühstück stattfinden sollte. Sie probierte einen Badeanzug, dann einen andern, und als sie begriff, wie sinnlos es war, zog sie wieder den ersten an und blieb in ihrem Zimmer, bis es beinah Zeit war.

Als sie zum Schwimmbecken hinunterging, waren alle dort, schon vor ihr. Es war eine richtige Zuschauermenge: die zwanzig Hausgäste und die sechs quengelnden Kinder, die das Schwimmbecken verlassen mußten. Sogar die Haushälterin stand auf der Steinbank unter dem Baum, um einen Blick zu erhaschen. Manche lächelten, andere waren etwas verlegen. Die schwangere Frau gab ihr eine glückbringende Medaille. Sie hing an einer Nadel. Folglich waren sie Freundinnen. Ihr Lehrer stand dicht am Rand und hatte für den Notfall das Seil um sein Handgelenk gewickelt. Die Kinder brachten wenigstens etwas Munterkeit in die Sache. Sie stieg rückwärts die Leiter hinunter und faßte keins von den Gesichtern ins Auge. Sie duckte sich hinein, bis das Wasser ihre

Schultern bedeckte, dann stieß sie sich kurz ab und überließ sich dem Wasser. Fast unmittelbar darauf wußte sie, daß sie es schaffen würde. Ihre Hände, die sich nicht mehr weigerten, tief einzutauchen, schaufelten das Wasser beiseite, und die Füße schlugen mit einer Wildheit aus, die sie nicht für möglich gehalten hätte. Sie hörte Zurufe, aber das war jetzt egal. Sie schwamm, wie sie es versprochen hatte, durch die Breite des Schwimmbeckens am flachen Ende. Es war eine jämmerlich kurze Strecke, aber das war's, wozu sie sich verpflichtet hatte. Hinterher sagte eins von den Kindern, ihr Gesicht sei verzerrt gewesen. Die Gummiblumen auf ihrer Badekappe waren längst abgegangen, und sie zog die Kappe herunter, sowie sie stand und sich an der Leiter hielt. Sie klatschten. Sie sagten, so etwas müsse mit einem Fest gefeiert werden. Er sagte nichts, aber sie konnte sehen, daß er sich freute. Ihr Lehrer war der glücklichste von allen.

Um Pläne für das Fest zu machen, gingen sie ins Arbeitszimmer, wo sie sitzen und eine Liste machen konnten. Er sagte, sie würden Zigeuner und Blumen und Gäste und Kaviar bestellen und Schwäne aus Eis, auf denen der Kaviar serviert würde. Bei alledem sollte sie keinen Finger rühren. Sie würden Leute bestellen, die halfen. Im ganzen sandten sie zwanzig Telegramme weg. Er fragte, wie ihr zumute sei. Sie gab zu, daß zwischen dem Schwimmenkönnen und dem Nichtschwimmenkönnen kaum eine Beziehung bestand. Es waren zwei ganz verschiedene Empfindungen. Wirklich aufregend, sagte sie, sei der Augenblick gewesen, in dem sie *gewußt* habe, sie würde es meistern, es jedoch mit dem Körper noch nicht hinter sich gebracht hatte. Er sagte, er freue sich auf den Tag, wenn sie wie ein Messer ins Wasser hinein- und wieder herausglitte. Er ahmte die Bewegung geschickt mit der Hand nach. Er sagte, das nächste, was sie lernen müsse, sei Reiten. Er würde es ihr selbst beibringen oder ihr Reitstunden geben lassen. Sie dachte an die braune Stute, an den aufgeworfenen Kopf, die schnaubenden Nüstern, und wie sie es nicht über sich brachte, sie zu streicheln, es nicht über sich brachte, neben dem Tier zu stehen, ohne sichtlich vor Angst zu vergehen.

»Fürchtest du dich vor gar nichts?« fragte sie und fürchtete sich selbst zu sehr, um ihm Einzelheiten über das Zusammentreffen mit der Stute zu erzählen, das sich in seinem Stall abgespielt hatte.

»Doch, doch.«

»Du läßt es dir nicht anmerken.«

»Ich fürchte mich dann zu sehr.«

»Aber hinterher, hinterher ...«, sagte sie.

»Da versucht man, nicht mehr dran zu denken«, sagte er, blickte sie an und schloß sie rasch in die Arme. Sie dachte, wahrscheinlich ist er mir so nah, wie er's je bei einer Menschenseele gewesen ist, und das ist nicht sehr nah, o nein, keineswegs sehr nah. Sie wußte, daß sie, wenn er sie wählte, doch nicht in die Tiefen gelangen würden, in jene Tiefen, die sie ersehnte und fürchtete. Wenn es um sein innerstes Wesen ging, setzte er nichts aufs Spiel.

Sie war müde. Des Lebens müde, das sie aus eigenem Antrieb gewählt hatte, und enttäuscht über den Mann, auf den sie gebaut hatte. Die Müdigkeit kam vom Innersten her, und wenn sie langsam wie ein tiefer Atemstoß entwich, riß es an ihrem Mark. Ihrer Vorliebe für verdorbene Eier war sie überdrüssig. Es schien ihr nämlich, als halte sie die Menschen an ihr Ohr – auf die Art etwa, wie ihre Mutter die Eier prüfte, sie schüttelte, um den Grad ihrer Fäulnis festzustellen, doch zum Unterschied von ihrer Mutter suchte sie sich gerade jene aus, die sie, wäre sie klug gewesen, hätte wegwerfen sollen. Er schien ihre Traurigkeit zu spüren, doch er sagte nichts. Er hielt sie nur und drückte sie von Zeit zu Zeit beruhigend an sich.

Ihr Kleid – sein Geschenk – lag ausgebreitet auf dem Bett, so daß die weiten weißen

Ärmel auf jeder Seite hinunterhingen. Es war durchbrochen gearbeitet, und es hatte eine unheimliche Ähnlichkeit mit einer Leiche. Ein Schal lag da, der dazu paßte, und Schuhe und eine Handtasche. Das Dienstmädchen wartete. Neben der Badewanne lagen ihr Buch, ein Aschenbecher, Zigaretten und eine Schachtel mit den kleinen weichen Zündhölzern, die sich schlecht abstreichen ließen. Sie zündete sich eine Zigarette an und zog kräftig. Es tat ihr leid, daß sie sich keinen Drink mit heraufgebracht hatte. Im Augenblick war ihr sehr nach einem Drink zumute, und in Gedanken wählte sie den Drink aus, den sie vielleicht genommen hätte. Das Dienstmädchen kniete sich hin, um den Stöpsel in die Wanne zu stecken. Sie bat, das Badewasser noch nicht einlaufen zu lassen. Dann nahm sie das größte Badetuch, hängte es über ihren Badeanzug und ging den Flur entlang und die Dienertreppe hinunter. Sie brauchte kein Licht einzuschalten, den Weg zum Schwimmbecken hätte sie mit verbundenen Augen finden können. Alle Spielzeuge lagen im Wasser wie das Vieh auf einer Farm, das gerade schlafen sollte. Sie holte sie eins ums andere heraus und legte sie beiseite, neben den Haufen leerer Chlorflaschen. Sie stieg rückwärts die Leiter hinunter.

Sie schwamm im flachen Ende und erwog den

Gedanken, der sich seit Tagen hatte vordrängen wollen. Sie dachte, ich werd's tun, oder ich werd's nicht tun, und die Tatsache, daß sie geteilter Meinung darüber war, schien ihre Ansicht zu bestätigen, wie unwichtig es im Grunde war. Jeder, selbst das jüngste Kind, hätte sie überreden können, es nicht zu tun, denn ihrem Denken fehlte es an der rechten Überzeugung. Es schien einfach leichter, das war alles, leichter als die Belastung und die unvollständigen Umarmungen und die Reisen, die vor ihr lagen.

›Das ist's, was ich will, das ist's, wohin ich will‹, sagte sie sich und unterdrückte die Stimme in sich, die vielleicht schreien würde. Sobald sie ins Tiefe ging und sich ihm überließ, umhüllte sie das Wasser von allen Seiten in einer herrlichen, wundervoll großzügigen Taufe. Als sie in den kalten und erregenden Bereich hinabsank, dachte sie, sie werden's nie, niemals genau wissen.

In einem bestimmten Augenblick begann sie zu kämpfen und um sich zu schlagen, und sie rief, obwohl sie nicht wissen konnte, wie weit die Rufe drangen.

Neben dem Schwimmbecken auf der Erde kam sie wieder zu sich, fest eingehüllt, und würgend. Sie hatte qualvolle Schmerzen in der Brust, wie wenn sich ein scharfer Winterfrost dort eingenistet hätte. Die Dienstboten waren bei ihr und zwei Gäste und er. Rings um das Schwimmbecken brannten die Scheinwerfer. Sie hob die Hände an die Brust, um sich zu überzeugen: ja, sie lag nackt unter der Wolldecke. Den Badeanzug hatten sie ihr wohl vom Leibe gerissen. Offenbar war er es gewesen, der die Mundatmung gemacht hatte, denn sein Atem flog, und seine Ärmel waren aufgekrempelt. Sie sah ihn an. Er lächelte nicht. Musik war zu hören, laut und lächerlich und lebensfroh. Zuerst fiel ihr das Fest ein, dann alles. Die angenehme Unklarheit schwand, und sie sah ihn beschämt an. Sie sah sie alle an. Was wohl hatte sie gerufen, als sie sie ins Leben zurückholten? Was für Gedanken hatte sie in jenen kritischen Minuten geäußert? Wie lange hatte es gedauert? Sofort sprang die Besorgnis sie an, man dürfe sie nicht ins Haus tragen, sie dürfe diese äußerste Erniedrigung nicht zulassen. Aber es geschah doch. Während sie von ihm und dem Gärtner fortgetragen wurde, konnte sie die Blumen und die Austern und die Sulzspeisen und die kleinen gebratenen Spanferkel auf den Tischen sehen, ein Traum von einem Fest war es, mit dem Unterschied, daß sie furchtbar klaren Geistes war. Sobald sie allein in ihrem Zimmer lag, erbrach sie sich.

Die nächsten zwei Tage ließ sie sich unten nicht blicken. Er schickte ihr einen Stoß Bücher hinauf, und wenn er sie besuchte, brachte er stets jemanden mit. Er heuchelte großes Interesse für die Romane, die sie las, und fragte nach dem Gang der Handlung. Als sie dann wieder nach unten ging, zeigten sich die Gäste höflich und ungezwungen und noch immer gefällig, doch außerdem waren sie jetzt vorsichtig und voll tiefer Ablehnung. Ihr Verhalten bewies ihr, daß sie etwas Dummes und Gräßliches getan hatte, und wenn es ihr gelungen wäre, hätte sie alle in ihren dummen und gräßlichen Wirrwarr hineinverwickelt. Sie wäre gern heimgefahren, ohne jeglichen Abschied. Die Kinder schauten sie an, und manchmal lachten sie laut heraus. Ein Junge erzählte ihr, sein Bruder habe mal versucht, ihn in der Badewanne zu ertränken. Abgesehen davon und von dem unvermeidlichen Brief an den Gärtner wurde es niemals erwähnt. Der Gärtner war's gewesen, der ihre Rufe gehört und Alarm geschlagen hatte. In deren Augen war er wohl ein Held.

Die Leute schwammen seltener. Sie machten Anstalten, wieder abzureisen. Sie hatten Ausreden bei der Hand: Arbeit, Wetterwechsel, Flugzeug-Reservationen. Er sagte ihr, daß sie bleiben würden, bis der letzte Gast abgereist war, und dann würden sie sofort wegfahren.

Seine Sekretärin reiste mit ihnen. Er erkundigte sich täglich, wie sie sich fühle, doch wenn sie allein waren, las er, oder er spielte Patience. Er schien gelassen zu sein – nur seine Augen glänzten wie im Fieber. Es waren junge Augen. Das Blau schien kräftiger in der Farbe, seit sein Zorn wiedererwacht war. Zu den Dienern war er barsch. Sie wußte: wenn sie in London eintrafen, würden im Flughafen getrennte Wagen auf sie warten. Es war ganz natürlich. Das Haus, die warmen Fliesen und der Glanz auf dem Wasser würden sie begleiten und eine Freude bleiben, wenn ihre Liebe längst nur noch ein Nachhall war.